U0512813

文洁若 编译

君子之交

萧乾、文洁若与丸山升
往来书简

上海人民出版社

目 录

序 一

孙玉石

　　萧乾先生是我非常尊敬仰慕和广大读者深挚热爱的作家，翻译家。他的许多作品，已为广大读者所熟知。丸山升先生是日本东京大学教授，著名中国现代文学研究家、翻译家。他专门研究鲁迅和中国 20 世纪 30 年代文学，出版有《鲁迅——他的文学与革命》、《"文革"的轨迹与中国研究》、《现代中国文学的理论与思想》、《鲁迅·革命·历史——丸山升现代中国文学论集》等著作。他从中国社会自 20 世纪 50 年代的"反右派"斗争到"文化大革命""文艺黑线"荒谬批判的反思，从潘汉年、萧乾等沉冤个案的考察分析到整体观照的视点，深刻思考论述处于复杂政治背景下现代中国知识分子命运及其背后的潜深问题。1986 年 3 月，他发表了《关于潘汉年·初稿——1930 年代群像之一》。1988 年10 月至 1989 年 10 月，他又连续发表了《从萧乾看中国知识分子的选择》、《建国前夕文化界的一个断面——〈从萧乾看中国知识分子的选择〉补遗》两篇学术论文，全面论述了萧乾的文学创作与文化活动，及其自 20 世纪 40 年代末以来的坎坷遭遇与悲剧命运。2005 年 9 月，丸山升先生在为北京大学出版社出版自己的《现代中国文学论集》所作的《后记》里，这样说道：在"文革"结束之后的 80 年代，他所写的关于萧乾的这两篇论文，"不论是在同即便在中国、反右后也被人遗忘的萧乾相遇的意义上，还是在成为更宽广地追溯和思考中国知识分子艰辛历程的契机的意义上，对我个人而言，都可谓开拓研究新阶段的论文"，"这两篇论文，我不仅得到萧乾、文洁若夫妇的各种指教，此后还承蒙赠予今天不易买到的珍贵旧著，感受到他们令人难以忘怀的深厚情意，这一点对我来说也是特别值得纪念的。"由此可见，丸山升先生与萧乾、文洁若伉俪之间之心与心相通的异国情谊了。

1986 年，文洁若女史到日本做一年的研究工作结束。归国之前，她与丸山升先生在东洋大学第一次晤面。丸山升先生后来说，当时"我去拜访了她，听了不少事情"。1988 年 10 月，丸山升先生应邀到北京大学中文系讲学。他与夫人丸山松子一起，曾经前往萧乾家里造访，倾心交谈。2005 年 11 月，文洁若特别往北京邮电疗养院宾馆，再次与前来参加学术会议的丸山升先生夫妇，相晤于一室。2006 年 11 月 26 日，丸山升先生因病离世，文洁若女史在《萧乾与丸山升的君子之交》这篇悼念文章里说："我们和丸山升、丸山松子伉俪的友谊延续了二十年。实际上只见过三次面，其间鱼雁往还，有时打电话交谈。"在三次相晤之外，丸山升先生为学术研究，也为翻译工作，曾与萧乾、文洁若夫妇，多年里"鱼雁往还"。他们让各自寻真和友情心血，流淌在这点点滴滴的墨翰中了。现在这一册《往来书简》，就是这三位异国文学友人寻真和友情的心与血的结晶了。

我于 20 世纪 80 年代初，曾往东京大学文学部任教，与丸山升先生共事一年半；十年之后，我又往神户大学文学部讲学一年半，与丸山升先生也多有交流。近二三十年里，我与丸山升先生和他带领的"中国三十年代文学研究会"的同事和学生们，结下了难忘的真挚情谊。几天前，我的学生吴晓东教授，自外地开会归来告知，上海的薛羽先生编辑了《君子之交：萧乾、文洁若与丸山升往来书简》一书，托他转达，邀我为之写一篇短序。出于对于萧乾、文洁若两位文学家辉煌业绩的仰慕之情和她们不幸遭遇的真诚关注，也出于自己对已经离去的日本挚友丸山升先生和夫人松子的怀想和感念，我毫不犹豫地答应了。

因为我首先相信，这是一本将会令人警醒和沉思的异国友情的书简。读者接触和阅读这些文字之后，可能会走近一个充满沧桑也充满友情的世界。他们将会深深认识到：这部《往来书简》，是20世纪中国和日本两个民族的三位相知相识而又非常杰出的作家、学者，在人生经历上，在学术认知上，在历史沉思上，在关于当今和未来人类命运的思考上，所进行的心与心的交流，灵魂与灵魂的对话。这些隔海飞鸿文字里，蕴含着一份难得的真诚和特殊的意义。

在过往的那个令人难忘的一个世纪里，他们同是历史变革的参与者。他们同是历史真实的寻求者。他们又同是历史真理的守望者。为了抗击德国法西斯的侵略，1939年，作为香港《大公报》特派记者的萧乾，前往战火纷飞的欧洲战场，全身心投入了维护人类正义和尊严的反法西斯战争，出生入死，历时七载，在硝烟炮火中，日以继夜地以自己热诚的生命和笔，写下了许多沾满了血与火的文字。因为参加争取民主的运动，丸山升先生在读书期间，被当时政府拘捕坐牢，在监狱中坚持读书写作，完成了他关于中国现代文学研究的博士学位论文。自60年代以降，他又长期从事战后日本争取民主的运动，深入思考和研究中国"文化大革命"和中国现代文学发展走向的复杂现实和历史教训等深层次问题。1946年自欧洲归国后，萧乾为了自己民族的解放和自由，拒绝离开祖国，用自己的生命和笔，呼啸抗争，守望着一个知识分子的精神信念和民族良知。他因为自己抗争呼啸的声音，恪守真理的文字，执着理性的艺术追求和坚守，被误解，被批判，被冠以"反动作家"的恶谥，到了1957年被打成"右派"，又经过十年浩劫，在很长的时间里，倍受精神的蹂躏和肉体的凌辱。但他没有因此而放弃高尚理想和精神追求。他坚守着自己拥有的那份灵魂真诚和不屈风骨。他所经历的和他所追求的，体现了中国自古代的屈原以来那些骨头坚硬的知识人的精神辉煌和深广内蕴。也许正是这样一些文学品格，良心坚守，苦难经历，不屈精神，吸引了丸山升先生学术关注的思考和目光。萧乾不仅成为丸山升先生的学术探究的对象，而且成为他心有灵犀精神相通的异国知音和友人。这部三位异邦友人合出的"往来书简"，就是萧乾、文洁若伉俪和丸山升先生之间深层精神交流和心灵对话的结晶，是20世纪中日两国知识人拥有的良知和清醒的见证。

2005年9月2日，丸山升先生离世之前一年，在他写的那篇《后记》里，这样清醒而富有卓见地认为：中国40年代的文化界，"以《斥反动文艺》为首的一系列批判所留给萧乾的创伤，不仅是对萧乾而已，而是给以后的中国也留下了创伤。"

真理的坚守与认识清醒密不可分。萧乾在《八十自省》一文里，曾经如斯说："70年代末，老友巴金曾写信要我学得深沉些。另一老友则送了我八个大字：居安思危，乐不忘忧。我觉得这十年是变得深沉了些，也踏实了些。历尽沧桑后，懂得了人的际遇随时可以起骤变。在阶级社会里，座上客和阶下囚随时可以颠倒过来。因而一方面对事物不轻率发表意见（有时甚至在家务琐事上，洁若都嫌我吞吞吐吐，模棱两可），但另一方面，自己也不会为一时享受的殊荣而得意忘形。"萧乾先生还这样的倔强自白：已然迈入"八旬老人"时光，自己精神却"并没有老迈感"，"脑子似乎和以前一样清楚：对身边和身外的一切随时随地都有反应；忽而缅怀如烟往事，忽而冥想着未来"；"谢天谢地，我还这么清醒着，但愿能清醒到最后一刻。"读了这些自白后，我总是在想，但愿我们后来的一代又一代的知识人，都应该努力学习和承传前辈们的这样精神，如是思考：怎样去努力做到，使自己的脑子和灵魂，能够永远地"这么清醒着"，乃至"能清醒到最后一刻"。

作家苏叔阳曾回忆说，在一次等候会议开始时，与萧乾先生谈起华北沦陷时自己的遭遇："我指给他看我脚腕上的旧疤，告诉他那是日本人的狼狗咬的。他吃惊地看着我的旧疤问为什么，我告诉他，什么也不为，我和同伴在街上玩，日本兵牵的狗就扑过来咬。他的脸色忽然阴沉起来，说：日本人应该知道耻辱，每个日本人都应该知道。"

萧乾先生、文洁若女史、丸山升先生，都是有这样气质耿直而执着追求精神的人。丸山升先生在他所写的深刻反思中国知识分子遭遇的许多文章里，在他呕心沥血写成的论述潘汉年、萧乾等遭受巨大磨难经历的文字中，都并非纯学术性地追求历史的真实，而是饱含着一个富有良知的现代日本知识分子的清醒和责任，对于世界范围内更为广大的历史深痛经验和教训的沉重思考。丸山升先生谈及萧乾在自己作品选集的《后记》中曾经这样写道："他难以忍受'文革'中的迫害想要自杀，对夫人文洁若说一起死吧，但文洁若说：'不！我们要活下去。活着要看这帮恶魔的灭亡！'于是他打消了这一念头。我读到这一段时深受震撼。因为虽然深切严重的程度无法相比，但我个人也有类似的体验。"

　　萧乾先生、文洁若女史、丸山升先生，就是这样一些有着"类似的体验"的历史的清醒者。在他们留给后人的诸多著述和译作中，在他们这部精神交流的心灵对话里，他们都在各自以自己的心血浇灌出来的朴素文字，从已逝的艰难岁月和往昔那些痛苦纠结的历史中，反省着，沉思着，倾诉着，也向人们无声地呼喊着，目的是要让世世代代有良知的中国人和日本人，都能够知道：什么是人的耻辱，什么是人的尊严，什么是"人间正道"，什么是不能凌辱和不可摧毁的"人"所拥有的铮铮硬骨和精神光耀，什么是用多少生命和鲜血凝铸而成的永远不该被遗忘的历史教训！

2014 年 4 月 28 日深夜改毕

序　二

陈子善

　　人生有些经历的瞬间真是很奇妙。我阅读《君子之交：萧乾、文洁若与丸山升往来书简》（以下简称《往来书简》）书稿，竟然发现，我不但与丸山升先生、萧乾先生和文洁若先生都相识，而且与他们通信中提到的许多人，譬如文坛前辈沈从文、冯至先生，同行友人李辉、傅光明诸兄等，也都相识，甚至熟识。也因此，阅读这部通信集，于我而言，不仅是在重温信中不断提到的中国现当代文学史上的许多重要瞬间，也在重温我与三位写信人和信中提到的一些前辈和友人的交谊片断。这样倍感亲切的阅读体验，在我是并不很多的。

　　我与丸山升先生有过其实并不密切的交往。他专攻中国现代文学，在日本学界是继竹内好、竹内实之后研究中国现代文学的代表人物。20世纪80年代，丸山先生数次到沪进行学术考察和交流，我因此有机会结识这位彬彬有礼的日本学界前辈。首次与他见面应在1986年10月，这有他和伊藤虎丸先生在《中国现代文学事典》一书上的题词为证。《中国现代文学事典》由丸山升、伊藤虎丸和新村彻先生合作主编，1985年9月日本东京堂出版，至今仍不失为研究中国现代文学的一部重要的日文工具书。在我保存的《事典》前

1

环衬上有如下的毛笔题词：

陈子善先生：

　　此书本来我们友人铃木正夫赠。现在我们访问上海见陈先生，题字为念耳。

　　　　　　　　　　　　　　伊藤虎丸
　　　　　　　　　　　　　　　　　　　同赠
　　　　　　　　　　　　　　丸山升

　　　　　　　一九八六、十、三十　锦江饭店

　　题词出自伊藤先生之手，丸山先生的签名则是他的亲笔。我与伊藤先生已是第二次见面，第一次是一年前在浙江富阳举行的纪念郁达夫遇害四十周年国际学术研讨会上，与丸山先生却是首次。当时匆匆，本欲再找机会拜访，继续请益，别人提醒我，丸山先生是严重肾病患者，即便在客中，也要定时到医院人工透析，时间宝贵，这很出乎我的意料，当然不便再打扰而作罢。当时我的医学知识贫乏得可怜，根本不知"人工透析"为何物，还是第一次听说。但我对丸山先生为了学术，为了中日文学界的学术交流抱病来沪，深感敬佩。

　　丸山先生回日本不久，就给我寄来了他的新著《上海物语》，1987年10月集英社初版，列为"中国的城市"丛书之五。书中签条上有他的钢笔题字："陈子善先生指正　丸山升敬赠"。我是后学，由此也可见丸山先生的虚怀若谷。《上海物语》在丸山先生众多论著中大概不占显著地位，但日本讲谈社2004年7月又将其收入"学术文库"重印，相信还是受到了日本学界的关注。书中的论述起于近代上海开埠、租界形成，止于抗日战争爆发，重点在20世纪二三十年代上海文学，尤其是左翼文学和日中文人交游的查考和阐释，颇多发现。在80年代以来海内外学界的"上海热"著述中，《上海物语》虽不显赫，却也是得风气之先之作。

1997年秋，我到东京都立大学访学。丸山先生得知后，特意召集他所主持的"中国三十年代文学研究会"同仁为我举行座谈会，记得尾崎文昭、藤井省三诸兄等都参加了。我在会上说了些什么，已不复记忆，不外是讨论我当时正在从事的梁实秋、张爱玲等曾长期被埋没的现代作家。记得丸山先生听了我的发言后，提了一个问题：你发掘和整理了这些作家的许多作品和史料，很好，希望能进一步介绍他们在整个中国现代文学史进程中所起的作用。我当时怎么回答的，也已不复记忆。后来读到丸山先生1989年就已发表的《关于中国现代文学研究的一己之见》，他在文中分析改革开放以后中国国内的现代文学史研究时，就曾表示：

> 中国现代文学的众多侧面被阐明，中国现代文学内部所包含的丰富的发展可能性被揭示，这都是使人高兴之事。不过，到目前为止，坦率地说，我感觉到这些多侧面、多样性要素在很大程度上是被孤立起来看的，而其相互间关系以及这多种要素在整个文学史中以何种方式相结合、构成什么样的合力以推动文学史——对于这些问题，尚未进行充分的论述。当然，对于过去相对来

说没有加以研究的流派和作家，与其性急地评价其意义与作用，不如暂时从缓，先集中精力去对被埋没的作家作品进行再发掘，对事实加以整理。我也能理解这样做的重大意义。只是在这样理解的基础上，我觉得如果能与再发掘和整理的工作相并行，对于包括上述多种要素和多样流派在内的中国现代文学整体的内部规律再稍加议论，恐怕更好吧？①

可见这是丸山先生一贯的观点，他对重新爬梳中国现代文学史料，并进而在此基础上对中国现代文学史进行新的整体把握提出了更高的要求，很具启发性，也尤其值得我深思。

萧乾先生是改革开放以后最早复出的作家之一，这是完全可以理解的，以他在中国现代文学史上的重要地位，包括他在小说、散文和报告文学创作上的卓越成就，包括他主编《大公报·文艺》的突出贡献，以及他在 1949 年天地玄黄之际毅然决然奔向北京，他本不应该遭受那么多的坎坷与磨难。我是从《一本褐色的相册》和《负笈剑桥》两书开始认识萧乾先生的，首次在京拜访萧乾先生的时间则是 1988 年 1 月 27 日，因为我保存着他当时题赠我的两本小书，一为《北京城杂忆》，另一为《萧乾西欧战场特写选》，前者的落款时间就是"1988.1.27"，后者的落款时间也为"一九八八

---

① 丸山升：《关于中国现代文学研究的一己之见》，《鲁迅·革命·历史——丸山升现代中国文学论集》，北京大学出版社 2005 年版，第361 页。

年元月"。记得那天他谈兴甚浓，我告辞时，他还叮嘱我，下次到京，希望再来聊聊。

后来我遵嘱又数次叩响萧乾先生家的大门，有时文洁若先生也在场。记忆最深的一次是1997年秋，台湾《联合报》副刊主办世界中文报纸副刊学术研讨会，"联副"主编痖弦先生邀请了萧乾先生，也邀请了我，并希望我能陪同萧乾先生前往。为此，我专诚到京谒见萧乾先生商议，因年事已高，他犹豫再三，最终放弃了此次台湾之行，这当然是件极为遗憾的事。而我最终也未能成行，只向研讨会提交了论文《中国大陆三四十年代文学副刊扫描》。

话扯远了，还是回到《往来书简》上来。《往来书简》收录丸山先生与萧乾、文洁若先生的往还信札共32通，其中丸山先生致萧、文先生10通，萧、文先生致丸山先生22通，时间跨度为1986—1999年，正值中国现代文学研究界的"重写文学史"时期。因此，这批值得珍视的书简不仅真实地记录了丸山先生与萧、文先生的文字之交和文人之情，更为研究中国现代文学史特别是40年代后期的文学史，提供了极为难得的第一手史料。

这批书简主要围绕一个重点而展开，那就是因郭沫若先生1948年3月发表《斥反动文艺》而引发的一桩著名的文坛公案。这得从丸山先生的一篇长文《从萧乾看中国知识分子的选择》说起。丸山先生自己十分看重这篇文章，后来将其并续篇《建国前夕文化界的一个断面——〈从萧乾看中国知识分子的选择〉补遗》一起收入中译本《鲁迅·革命·历史——丸山升现代中国文学论集》时，曾特别加以说明：

> 关于萧乾的两篇，不论是在同即便在中国、反右后也被人遗忘的萧乾相遇的意义上，还是在成为更宽广地追溯和思考中国知识分子艰辛历程的契机的意义上，对我个人而言，都可谓开拓研究新阶段的论文。①

这段话是耐人寻味的。丸山先生明确表示，若不是中国改革开放，文艺界拨乱反正，萧乾重返文坛，他未必清楚了解其人其文，也不可能在此基础上更宽广地去追溯和思考现代中国知识分子的艰难历程。正是与复出后的萧乾先生的"相遇"和相知，给丸山先生提供了一个如此重要的契机，进而拓展和深化了他的中国现代文学研究。

以前拜读《从萧乾看中国知识分子的选择》及其续篇《建国前夕文化界的一个断面》时，我就注意到前者的《附记》和后者的《写在前面》。前者的《附记》说：

> 撰写本稿时，曾去函向萧乾、文洁若夫妇请教两三个疑问。交稿后，收到了回信。谨在此表示谢忱。关于《拟 J. 玛萨里克遗书》的写作背景，也承蒙一并赐予宝贵的指教。在本稿的范围内，笔者认为无须订正。关于

---

① 丸山升：《后记》，《鲁迅·革命·历史——丸山升现代中国文学论集》，第406页。

这一点，容于其他机会再作论述。①

后者的《写在前面》说：

去年 5 月，我写了《从萧乾看中国知识分子的选择》一文。在撰写该文的过程中，我向萧乾、文洁若夫妇提出了两三点疑问。排出校样后，收到恳切的答复，同时承蒙示知当年的一些我原先所不曾了解的背景资料。在《附记》中我写到："在本稿的范围内，笔者认为无须更正。关于这一点，容于其他机会再作论述。"

本稿就是尔后我根据这个线索重新作调查而写的。固然也参考了萧乾夫妇的信函，但要说明，对事实的认识与评价，必须由我本人负责。②

从这两则话又可以明白无误地知道，丸山先生撰写这两篇重要文章时曾向萧乾夫妇"请教"，得到了"恳切的答复"。但"答复"的具体内容是什么？读者一直无从知晓。二十八年之后，随着《往来书简》的公开，谜底终于揭

---

① 丸山升：《从萧乾看中国知识分子的选择》，《鲁迅·革命·历史——丸山升现代中国文学论集》，第 230 页。此文作于 1988 年 5 月，发表于 1988年 10 月《日本中国学会报》第 40 集。

② 丸山升：《建国前夕文化界的一个断面》，《鲁迅·革命·历史——丸山升现代中国文学论集》，第 237 页。此文作于 1989 年 10 月，发表于 1990年日本《中国现代文学论集》。

开了。

从 1986 年 11 月 29 日萧乾先生致丸山先生的第一封信起，他就把我们带回到波诡云谲的 40 年代末。1947 年 7 月，萧乾为《大公报》撰写社论《中国文艺往哪里走？》。次年 3 月，郭沫若先生发表《斥反动文艺》。一个月后，萧乾又作《拟 J. 玛萨里克遗书》予以回应。这段文字交锋的复杂历史背景，萧乾先生当时的想法、后来的遭遇和写信时的新的认识，等等，在信中一一展露无遗。特别对如何理解《拟 J. 玛萨里克遗书》，萧乾先生几乎作了逐字逐句的具体解释。

郭沫若先生的《斥反动文艺》是 40 年代后期现代文坛上的一篇"名文"。文中点名批判了沈从文、朱光潜和萧乾三位先生，分别斥之为"桃红色"、"蓝色"和"黑色"的"反动作家"，萧乾之所以是"黑色"，因为他属于"标准的买办型"。[①] 这一点名和猛烈批判，非同小可，且影响深远，正如丸山先生在《建国前夕文艺界的一个断面》结尾时所沉痛地指出的："以《斥反动文艺》为首的一系列批判所留给萧乾的创伤，不仅是对萧乾而已，而是给以后的中国也留下了创伤。"萧乾先生这一系列答复丸山先生的信，大概是第一次敞开心扉，对这个敏感的历史"创伤"作了较为深入和痛切的回顾，也促使丸山先生在《从萧乾看中国知识分子的

---

① 郭沫若：《斥反动文艺》，原载《大众文艺丛刊》，1948 年 3 月 1 日第 1 辑《文艺的新方向》，转引自《中国新文学大系（1937—1949）》第二集（文艺理论卷二），上海文艺出版社 1990 年版，第 765 页。

选择》之后续写了《建国前夕文艺界的一个断面》。当然，对这桩现代文坛公案，中国学者也作过不少研究，而今萧乾先生和丸山先生之间的这些重要通信以及丸山先生两篇长文得以汇编--帙集中披露，认真对照研读和思考，当能使我们从更全面和真切的角度进一步审视这段历史，其不可替代的史料价值和研究价值均不待言。

除此之外，萧乾先生1990年7月7日致丸山先生的信中特别回忆了与"恩师"沈从文先生"绝交"的详细经过，也应引起重视。《大公报·文艺》的"创始者"和继任者在晚年产生如此之大的矛盾，虽然两人后来均"表示愿意和解"，但终因沈先生的去世而未能实现"和解"，确实令人遗憾之至。萧乾先生在此信中向丸山先生"开诚布公地倾诉了真心话"，并且强调："我希望您能明白，我在弄清事实的同时，不想伤害沈从文先生"。这种尊重历史也尊重情义的态度，我认为是值得肯定的。

萧乾先生尊称沈从文先生为"恩师"，无独有偶，丸山先生在萧乾先生逝世后也尊称他为"恩师"。透过这30余通往返书信，我们分明真切感受到八九十年代丸山先生与萧乾夫妇的深厚情谊，分明深深体会到中日两代学人的良知和卓识。鲁迅早就说过，从作家的书信"能得到比看他的作品更其明晰的意见，也就是他自己简洁的注释"。[①] 不仅如此，萧乾先生和丸山先生的这些通信同时也是两国正直的知识分

---

① 鲁迅：《孔另境编〈当代文人尺牍钞〉序》，《鲁迅全集》第六卷，人民文学出版社2005年版，第429页。

子努力推动文学和学术交流的可贵见证。总之，它们给我们的启示将是多方面的。

拉拉杂杂写了以上这些话，既作为我初读《往来书简》的一些感想，也寄托我对萧乾先生和丸山升先生的无尽怀念。

甲午八月初五于海上梅川书舍

1988年5月18日 | 丸山升致文洁若

文洁若女士:

　　您好!前年6月在东京见面以后,转眼已两年了,希望萧乾先生和您都健康。今天我冒昧地给您写信,是因为有几个问题要请教。

　　因为您是日语、日本文学的专家,为了避免我的拙劣的汉语表达得不周到,请容许我下面用日文来写。

　　关于萧乾先生,我现在正写着一篇以1949年"决定自己和一家命运的选择"(《往事三瞥》)为中心的论文。尽管由于萧乾先生的这个选择,之后先生和夫人走了苦难的道路,然而先生说:"我从没有后悔过自己在生命那个大十字路口上所迈的方向"。这使我感动,因为觉得自己看到了中国知识分子的生活方式的一个典型。论文印出来后,我将寄上,请予指正。关于《往事三瞥》以及与之有关联的《拟J.玛萨里克遗书》中出现的两三个人名,恳请您予以指教。

　　(1)《往事三瞥》里提到"杜勒斯乃兄写的一部斯大林传"(《萧乾选集》第三卷,第454页)。这位杜勒斯乃兄是指 John Foster Dulles, Allen Dulles 兄弟中的哥哥,也就是说,J.F.Dulles 吗?我手头的资料里没有提到他著有《斯大林传》,因此感到不放心。倘若您记得作者、出版社、出版的年份(至少关于作者),请告诉我。

1

（2）在《拟J.玛萨里克遗书》（同上，第444页）中，司徒森、戴威思二人，与斯大林一道出现。能否告诉我原名的拼法并且做简单的说明呢？

（3）还是《拟J.玛萨里克遗书》（同上，第444页）。……文章中提到英国工人党的贝文，写着："他从始便看清了这个厄运，而且已'适应'了。"我认为这指的是他赞成组成NATO①。我的理解正确吗？

（4）紧接着，提到了摩尔那和铁托。铁托，我是知道的，摩尔那，却不懂。请把原名拼写出来，并做简单的说明。

在您百忙之中，真对不起。如能得到指点，则幸甚。

东京正好迎来了初夏。……祝愿萧乾先生、文洁若先生健康。

1988 年 5 月 18 日

丸山升

东京大学文学部中国文学研究室

东京都文京区本乡 7-3-1

电话：03-3812-2111 分机 3823

---

① North Atlantic Treaty Organization，北大西洋公约组织，简称北约。

丸山升先生

1988年5月27日 | 文洁若致丸山升

丸山升先生：

今天（26日）收到了您5月18日寄的航空信。我马上就答复这四个问题。老公说，您注意到了他所写的最重要的文章。

（1）写《斯大林传》的是 Allen Dulles（1893—1969），是弟弟。当时他是"反共 Lawyer"，1953年至1961年，曾任 C.I.A. 的 director①。萧乾读的那本书是从《大公报》借的。"乃兄"错了，最好改为"乃弟"。

（2）司徒森是 Stevenson, Adlai Ewing（1900—1965），美国政治家、外交官。《简明不列颠百科全书》（Concise Encyclopaedia Britannica）里译为史蒂文森。《简明不列颠百科全书》里，将 Dawes 译为道威斯。Dawes, Charles Gates（1865—1951）曾任美国副总统（1925—1929），1925年与英国的奥斯汀·张伯伦爵士（Sir Austen Chamberlain）共同获得诺贝尔和平奖。

（3）正如您理解的那样。

（4）终于未能查明。

为了让日本人理解这两篇文章，我认为必须介绍背

---

① 中央情报局局长。

景。幸而解放后再也没有像这样能够吸新鲜空气的了。我把1985年6月由北京出版社出版的《中国现代文学运动史资料摘编》下册（北京广播电视大学）第310—316页复印一份，附在信内。《"清高"和"寂寞"》是林默涵批判沈从文的。《中国文艺往哪里走》这篇社评未署名，是萧乾写的。其中有这么几句话："近来文坛上彼此称公称老……人在中年，便大张寿筵……"老指郭老、公指茅公，郭被触怒了，写了一篇叫做《斥反动文艺》的文章，把当时的文坛分为桃红色、蓝色、黄色、白色、黑色。这里只有一篇，郭先生一连写了十余篇，诸如说萧乾是《新路》杂志的主编，他接受了国民党的金条等。萧乾写了《拟J.玛萨里克遗书》来答复郭先生，刊登在《观察》杂志上。他假借刚刚自杀的捷克外交部长之口来陈述了自己对战后世界的见解。

萧乾主要是在英国（1939—1946）经历了第二次世界大战。他自始至终观看了苏联、英国与美国，这三国的协力。他寄希望于战争结束后，世界在和平中取得进步。1946年至1948年，为了批判国民党的腐败和白色恐怖，他写了一本叫作《红毛长谈》的书。然而他希望战后国民党和共产党不要打内战。他赞成中国走社会主义道路，却反对使用斯大林那样的手段。他希望建设政治上民主的社会主义中国。正如书名所表示的，"红毛"跟日文的"赤毛"一样，指西洋人。主人公塔塔木林是外国人，此作是以该人记述自己的见闻的形式写的。十篇中有八篇批评了国民党，有两篇对共产党提出善意的建言。中国有"忠言逆耳"的说法，他希望中国是进步的、工业发达的、民主的。当时未能实现这样的希望。

萧乾也反对在中国的文坛设"泰斗"（Boss）。1936年鲁迅逝世以来，郭先生就成了首屈一指的人，作为鲁迅的继承者，执文坛的牛耳。萧乾希望文艺、艺术的民主。

1948年，郭先生领导下的一群人对萧乾进行了攻击。那时，萧乾的友人杨刚（共产党员）从美国到香港来了，告诫萧乾，中国只能依靠共产党的领导。萧乾认为，除了国民党和共产党、资本主义和社会主义之外，有没有采纳双方的特长、排斥其缺点的第三路线呢？但终于改变了自己的想法，遵从杨刚的意见，认为只有靠共产党才能救中国。

《拟 J.玛萨里克遗书》借那位为了给解放后的捷克民主的气氛而牺牲了的捷克外交部长之口，记载了萧乾本人于1946年回国时的期望以及为了消除世人的误解所做的努力等。最后明确地陈述了自己的见解。即"不赞成世界走向两极化"。

窃以为最重要的是写这篇文章的思想背景和动机。文中有"没有署着我的名字的，我不能负责"（第445页，第21—22行）。意思是：被批判的文章是作为《大公报》的社评而写的，没有个人的署名，所以不应由个人负责。第446页第4—5行写着"做人的原则"，指的是由于提及郭先生"称公"一事，他就造了萧乾的谣。

这篇文章是一个中国的知识分子接触西洋的民主气氛达七年之久（1939—1946），回国后，由于过分直率地陈述了自己的意见而受到攻击，从而抱着辩护的目的而写的。

郭先生的文章吵吵闹闹地责备了好几个人，有人吓得不

回新中国了。萧乾毅然回到北平来。《往事三瞥》写的是他
为什么要回来。

文洁若敬具

1988 年 5 月 27 日

1988 年 6 月 5 日 ｜ 丸山升致文洁若

文洁若先生：

　　5 月 27 日大函奉悉。非常感谢您这么快给我复信。大函与您寄来的材料给了我很大的帮助。

　　拜读萧乾先生的《一个乐观主义者的独白》之前，我就觉得《拟 J. 玛萨里克遗书》那篇文章里蕴含着萧乾先生本人的心境，受到感动。不过，我不知道当时有与郭沫若等先生交锋这么个背景。我现在写着的论文篇幅有限，不能详细地把这一点补充进去。我想借着下次的机会，在另外的文章里加以说明。

　　关于人名的指点，实在感谢。译成中文的外国人名，常常使我伤脑筋。尤其是政治、经济等范畴，人多，查来查去，大多难以查明，给您添了麻烦。

　　论文的题目是《从萧乾看中国知识分子的选择》，将发表在《日本中国学会报》（中国文学、中国哲学范畴的日本全国学会的会报）上。预定在 10 月发行。出版后即寄上，请予指正。

　　请将我的谢忱转告萧乾先生。

　　衷心祝愿萧乾先生、文洁若先生健康、文安。今年 10 月下旬，承蒙北京大学邀请，我到北京约莫讲学两周。如果

有机会，想拜访两位先生，向你们致意，并且向你们多方
请教。

丸山升敬上

1988 年 6 月 5 日

1988年6月12日 | 文洁若致丸山升

丸山升教授：

　　您6月5日寄的信，七天就收到了。资料起了作用，我非常高兴。我们住燕京饭店西边，您到北京来的时候，敬请光临。

　　1980年，老公因医疗事故，切除了左肾。当我在医院里护理他时，一个年轻的医生问我日本医书里谈到的"透析"的意思。所以我就有了这方面的知识。听人民文学出版社的朱中英女士说，您也一直在做"透析"。我认为，对每一个国民来说，医学发达是非常重要的事。

　　我们的电话是860651。工作单位的电话是556108。我们期待着您到北京来。

　　请保重身体。老公向您问候。

洁若　萧乾附候

1988年6月12日

1988 年 12 月 19 日 | 文洁若致丸山升

丸山升先生：

　　谢谢您的信和照片。《从萧乾看中国知识分子的选择》已全部译完，作为附录收在预定由国际文化出版公司在 1989 年版的评论集《萧乾的创作道路》[①] 里。作者为王嘉祥、周健男，两个人都是浙江省师范学院的中年教师。书出版后，立即给您寄去。

　　萧乾（下文中略为"萧"）于 1946 年回到上海，负责《大公报》的《文艺》栏。郭沫若的挚友戏剧家洪深经萧介绍，为《大公报》编一份《戏剧周刊》。1947 年的一天，洪深在复旦大学为了《田汉祝寿特刊》给一个人打电话，请他写祝寿词。对方不起劲儿，洪深就发脾气，责备道："戏剧这碗饭你还想不想吃了？"也就是说，要是不恭维田汉，就不能在戏剧界立足。洪深的态度过于傲慢，萧和章靳以恰好在场，感到厌烦。周刊原定每期排新五字号，由于来稿少，那一期全排了四号字。因此，萧被《大公报》的社长严词质问，他从此对祝寿活动起了反感。

　　1935 年至 1939 年间，萧在国内主持《大公报·文艺》副刊时，气氛相当自由。比方说，鲁迅生前也曾批评某文

---

① 　书名后来定为《萧乾评传》，国际文化出版公司 1990 年版。

人是"流氓加才子"。萧在英国与甚至把首相和皇族都画成漫画、开他们的玩笑的民众接触了七年，遂变得相当大胆。1947年他37岁，也许说得上是"血气方刚"。经巴金介绍，萧与靳以成了朋友。郭氏被称作郭老，茅盾被称作茅公就是他告诉萧的。

1947年5月，萧为《大公报》写了一篇题为《中国文艺往哪里走?》的社评（当然是匿名），写道：外国的萧伯纳年近九旬还在创作，而中国作家"年甫五十，即称公称老，大张寿筵"。郭被激怒了，在香港的《华商报》等报纸和杂志上发表文章，辱骂他。萧乾在《拟J.玛萨里克遗书》中说明了自己在外国待了七年，不谙国情。中日战争期间，郭沫若作为第三厅的指导者立了功。可以说，当时没有人（除了萧）敢跟他对抗。

收在《萧乾选集》第三卷中的《拟J.玛萨里克遗书》第445页倒6行有"我为公事投票的记录你们是有的"之句，这句话的意思是："我一生从未接近国民党，也一直站在进步方面。"

第445页，倒5行："没有署着我的名字的，我不能负责。"

意思是：我这篇引起"称公称老"的问题的文章，是作为《大公报》的社评而写的，我未署名，因此不能作为个人负责。

接着，萧对"左右"两方都做了忠告："现在整个民族是在拭目抉择中。对于左右我愿同时尽一句逆耳忠言。纵使发泄了一时的私怨，恐怖性的谣言攻势，即便成功了，还是得不偿失的，因为那顶多造成的是狰狞可怕，作用是令人存了戒心。"

郭由于被说成是"称公称老"，就在《华商报》等报刊上对萧乱发脾气。有些人本来打算到北京去，读了郭的文章，害怕了，就留在香港了。诸如曹聚仁和徐讦等。

"为了对自己忠实，为了争一点人的骨气，被攻击的人也不会抹头就跑的。"（尽管受了冤枉，萧不想做个没有骨气的人，故做好精神准备，前往北平。）

第446页，"做人的原则，从长远说，还值得保持。"（这话是指摘郭的。意思是：像您这样国际闻名的学者理应尊重自己的名誉，举止不该这么卑怯。）

第445页描写了像萧这样从国外回来的知识分子在1948年的苦闷。第446页："两极化的大势便已完成。"世界向两极化一往直前，美国与苏联敌对。在国内，国民党与共产党大打内战。"今日是不许想，不许犹豫"。现代的形势是不容许考虑或犹豫，只能下定决心战斗。然而萧是"中间偏左"，他拥护中国共产党做中国的领导者，希望不要犯30年代斯大林的错误。同时，他认为祖国已经一连打了八年仗，今后应该把重点放在建设上。停止内战。所以，回上海后，他写了很多反对内战的文章。由于把矛头指向了国民党，1948年他作为复旦大学教授住在徐汇村的时候，一天凌晨，被国民党持枪的大兵抄了家。当时上海的China Weekly Review（密勒氏评论周报）就此事发表了社论。

郭对萧的攻击可以归纳为以下两点：

1.萧是叫做《新路》的杂志的总编辑。

2.《新路》是美帝国主义及国民党的代言人。

1.事实是,《新路》的总编辑是清华大学的吴景超,将北平与天津的三十余位大学教授聘请为撰稿者。他们是沈从文、冯至、翁独健、钱昌照、雷洁琼等著名大学的教授们。总编辑吴景超的名字清晰地印刷在封面上。那是开始就决定的。这个杂志于1948年出版了几期,后为国民党所查封。

2.1948年萧离了婚,于是考虑从上海到北京去。当时《新路》尚未创刊,他想担任国际政治与文艺栏。然而,他接受了杨刚以及复旦大学进步学生们的劝告,打电报辞退了。他继续在复旦大学任教,后来经由台湾赴香港,1949年返回北京。担任《新路》的国际政治的是钱端升,担任经济的是刘大中,社会栏由吴景超兼任。

1956年作家协会审查了干部的经历,萧搜集了关于《新路》的资料,与几册杂志一道交给了作家协会的主管人员。当时三十几位教授们全部健在,作家协会详细地调查了此事。然后下了这样的结论:

> 《新路》是1948年北平高级民主人士所创办的一个刊物,后为国民党所查封。萧乾接受了地下党的劝告,后来并未参加其编辑工作。

然而,由于次年萧成了右派分子,1958年所做的结论突然改变了。尽管萧完全没有参加杂志,正如郭沫若所言,萧成了"四大家族的喉舌",杂志的性质也从"进步的"变成"国民党的代言人"了。

反右斗争中，最使萧失望的是这件事。当然，他立即提出抗议，问道："那么，雷洁琼、冯至、钱昌照等人将有什么样的了局呢？"可是，作家协会的负责人申斥道："把那几位先生引为例证，居心何在？"身份不同的人做同样的事，受不同的待遇，并不稀奇。比方说，地主在农村使牛，倘若牛死了，就被说成是"阶级报复"，处以罚款，说不定还会锒铛下狱。贫农呢，村民分死牛肉时，那个贫农可以同样分得一份儿。1956年，萧什么问题也没有，所以给他做了这样的结论，一旦成了右派分子，为了否定他的一生，就给他胡乱做了结论。当然，1979年这些结论全都撤销了。

此事直到最近还夸大其词地传播开来。茅盾生前写了一部叫做《访问苏联·迎接新中国》的回忆录，刊载在《新文学史料》（1986年第4期，12月出版）上。第30页上，他是这么写的：

> 他们提出来"研究"的三十条主张，中心是反对中国人民的武装革命，反对中国的土地革命，反对苏联和民主阵营的"宣传攻势"，这就是他们寻找的"新路"。他们还创办一个刊物来宣传他们的主张，刊物就叫《新路》，主编是萧乾。

郭和茅盾已经去世，然而1986年12月，人民文学出版社的《新文学史料》编辑部的人们好像依然相信萧乾犹如四十年前郭散布的谣言那样曾任《新路》的主编。否则他们就会加注释让读者了解真相。幸亏萧还健在，他写了下面这样的一封信，刊载在《新文学史料》1987年第1期上。

《新文学史料》1987年第1期，第204页：

主编同志：

　　顷阅《新文学史料》一九八六年第四期第三十页第二十至二十一行（茅盾回忆录）有"他们还创办了一个刊物来宣传他们的主张，刊物就叫《新路》，主编是萧乾"一语，与事实不符。

　　一九四七年十一月，我因家庭遭人破坏，急于离沪。经友人姚念庆（当时是资源委员会秘书）建议，确曾答应参加北平酝酿多时，早已确定由清华大学教授吴景超主编的《新路》。当时，经济、政治二栏分别由北大、清华大学教授担任，吴景超兼任社会栏，我答应去编国际评论及文艺栏。但刊物出版后，即经复旦大学地下党及老友杨刚之劝阻，即去电坚辞，旋即赴港参加《大公报》起义工作。《新路》出刊后，我由于始而答应负责部分编职、继而又打了退堂鼓、确实为它写过八篇文章。最近李辉在编我的一本杂文选。他要把我给《新路》所写散文，扫数选进去。我已同意。《新路》没出多少期即被查禁了。国内各大图书馆均不难找到全份刊物，记得每份均标有"吴景超主编"字样。

　　一九五六年作协审干时，曾就此问题作过详细调查。当时有关人士均尚健在，且皆住在北京。作协曾对此为我作过实事求是的结论，茅盾先生当时是作协的主席。

敬礼！

萧乾

一九八六年十一月二十九日

[译文] ①

文洁若

1988 年 12 月 19 日

_____

① 此处附有上引萧乾信件的日译文，从略。——编者注

1988 年 12 月 24 日｜丸山升致文洁若

文洁若先生：

　　昨天接到了您的信。谢谢您恳切的指教。承蒙您在去年春天的信中告诉我，与郭沫若先生那档子事的背景，使我明白了，年表中的记述指的就是这个。这次的信使我更加具体而详细地了解了。我想在可能的范围内重新调查当时的文献等，用不给您们添麻烦的形式介绍到日本来。因为我认为，中国所犯的错误和悲剧不仅仅是中国的问题。

　　衷心祈望先生伉俪与全家人健康。

丸山升敬上

1988 年 12 月 24 日

1989 年 4 月 24 日 | 丸山升致萧乾、文洁若

萧乾先生：

文洁若先生：

　　我想其后您们平安地过着日子，前几天承蒙惠赐尊著《未带地图的旅人——萧乾回忆录》，太感谢了。在日本，恰好开始了新学年，被各种各样的琐事催逼着，然而我首先看了去年我写过的在香港的"大十字路口"的部分，被津津有味的内容所吸引，就那样拜读着解放后的部分。还得准备教课，怎么也腾不出工夫来继续拜读，然而感到一旦开始读了，就手不释卷。于是，硬挤时间边把要点记下来，边拜读。

　　不等看完全书就发表这样的感想，或许失敬，您在大作中，通过解放后在中国的各种各样的"运动"中的亲身经历，加以概括，直到个人的生活细节，都真实具体地写下来，我感到这是过去少见的。至少在日本，"反右派斗争"时的实情和细节，几乎无人知晓。迄今我本人非常关心此事，但无资料。直接向中国的各位先生打听，也犹豫不决，就没有知道的机会了。

　　我认为尊著不仅谈了发生在中国的历史事实，通过它还让人重新思考在历史的激动中，人这个存在的强与弱、丑与美这一点它是一部杰出的文学作品。尽管中国或苏联有着各

种负的经验，我这个人仍然想从社会主义中寻求人类的未来，正因为如此，从尊著中看得到的那种经验，就有深刻的含意。我认为，除非能够回答这种事情的起因是什么，怎样做才可能建立不发生这种事、站在自由与民主主义上的社会主义。我想，尊著作为让人思考这样重大的问题的前提之一，应该广泛地被阅读。

于是，我有个请求，打算将尊著在日本翻译出版，不知先生可否批准？现在日本的出版情况并不好。说实在的，究竟能否简单地找到肯出版的出版社，说不上是十分有自信。然而只要努力，我估计会有一家接受的。倘若姑且原则上答应的话，肯请先生通知一声为幸。关于最后的出版条件（例如，能够支付给先生多少稿费等）。我会逐一把与出版社协商的情况向您报告。我想，得到先生最后的承诺再出版。翻译方面恐怕需要相当日数（我在考虑，请年轻人帮些忙）。假若先生许可，幸甚！

最近中国有着各种各样的动态，在日本，也引起了种种关切。我知道这不是我们这些外国人轻率地多嘴的问题。然而我由衷地祈求，对中国人民、尤其是知识分子而言，学问、艺术活动欣欣向荣的状况能够推进。

恳求二位先生保重身体。

内人也要求我务必替她向您们问好。

丸山升拜

1989 年 4 月 24 日

1989年5月2日 | 萧乾致丸山升

丸山教授：

　　捧读来信，十分感激。能得您这位海外知音，我真是三生有幸。为承您翻译拙作《未带地图的旅人》，我一定通力合作。物质方面，悉听您的安排，对您我完全信任。在翻译过程中：一、我随时准备回答您的质询，有些用语，可能费解。二、您可随时提出部分删节，我一定尊重您的意见。三、我还准备应您的要求、对个别地方加以改写或补充。四、出书时，可根据日本印刷情况，为您提供各个时期的照片。

　　总之，您可相信我必与您充分合作。

　　祝您和夫人安康

再者：内子文洁若刚写完一本《我与萧乾》（系应广西的出版社之约），也可供您参考。

萧乾

1989年5月2日

1989 年 5 月 2 日 | 文洁若致丸山升

丸山升教授：

　　谢谢您的信。您提出翻译《未带地图的旅人——萧乾回忆录》，我丈夫高高兴兴地同意。稿酬由先生与出版社商量，妥善处理为荷。我们的女儿正在美国读书，恳请先生由银行直接汇寄给她。日本的杂志似乎分为商业、半商业的。譬如，《早稻田文学》就是半商业的。

　　现在我也正写一本叫做《我与萧乾》的书，大约二十万字。复制了一份，想把原稿送给先生。尽量用了丈夫未写过的资料。郭沫若、张光年、刘白羽、康濯、沈从文等，都用了真名。我父亲叫做文访苏，在日本担任了二十年外交官。我在生活的重要关键时刻支持了丈夫，是由于受过日本的教育（并通过父亲接受了孔子的思想）。我的两个侄女如今都在日本读书。文静是姐姐，现在是昭和女子大学日本文学系三年级的学生。妹妹李黎在中央大学，读一年级。

　　放暑假她们回国，托她们把《我与萧乾》原稿和相片送上。我认为，把放在原著中的相片全都用在日译本上是难以办到的。请告诉我先生想要的相片。

　　现在，美国也在翻译此书。

　　这十年，我跟丈夫一道去美国、新加坡、英国各两次，到香港三次，西德、挪威、马来西亚各一次。今年或明年可能去台湾。如果有机会，想与丈夫同行。

我认为，当年萧乾回到中国，与人民共艰苦，还是做对了。倘若那时去了英国，就成了"英籍华裔学者"，再也不是中国作家了。

问夫人好。保重身体。

文洁若敬白

1989 年 5 月 2 日

1989 年 11 月 1 日 ｜ 文洁若致丸山升

敬启者　久疏问候。

去年收到先生的大函后，萧乾和我立即回了信，《未带地图的旅人》的翻译不知道怎样了？如果预定放照片，就寄上。我写的《我与萧乾》刊登在《百花洲》上了，寄上一本。预定出单行本，估计明年年底才能问世。台北的天下文化出版公司安排在明年 1 月出版。那时将寄上一本。

《未带地图的旅人》英译本明年 4 月能出版，将寄上一本。

《百花洲》上刊登的是上卷，10 万字，作为单行本出版时，把下卷 8 万字也收入。

保重身体。

丸山升教授

文洁若敬具

1989 年 11 月 1 日

1989年，萧乾与《未带地图的旅人》英文版译者金介甫合影（柳琴提供）

1989 年 11 月 17 日 | 丸山升致文洁若

文洁若先生:

敬复者

拜领了大札和刊载着大作的《百花洲》。谢谢!

《未带地图的旅人》现在借助两位年轻的女博士生的力量,正在进行中。然而,我也罢,她们也罢。都有很多各式各样的工作,不能如愿地进展。我们正努力,打算约莫在明年年初译完。请稍微宽容我们一点儿时间。

关于出版,曾去跟老早就在文艺书方面做出实际成果的筑摩书店谈过。不过,遭到拒绝。原因是眼下出版情况景气不佳,即使是学术与文学价值高的作品,从营利上而言是否划得来,像这样令人不安的作品难以出版。尤其是今年春季以来,日本人对中国的心情冷淡下来了,这是否定不了的。所以越发困难了。幸亏跟叫做花传社的出版商谈了。这是较新的出版社,凭良心经营。他们高高兴兴地答应出版。我收到大函的次日刚好是与花传社谈判之日,就决定下来了。不过,由于是这么个情况,与英译比起来(我不晓得英译究竟付多少版税)会少些,请多见谅。被称做"经济大国"云云的日本,居然是这么个状态,确实不好意思,同时使人气愤到极点。这是资本主义国家日本的现实之严酷的一面,请您谅解。现在的安排是出版三千部左右,版税按作者、译者双方的份儿加在一起，做为价格的十分之一。……至于零碎的事情，想今后边工作边商谈。倘若有什么希望、要求，请不客气地告诉我。我一定尽力而为。

关于旅英时代的地名以及其他专有名词什么的，凡是不理解的东西（这边能明白的范围内，已查阅），不久就会制成一览表，向您请教。希望予以指点。至于相片呢，我估计会一边工作，一边把我认为需要的那些汇集在一起向您讨教。

李辉先生好吗？今年夏天，我们的研究会读毕《文坛悲歌》，大家讨论了。假使您肯向他转告，我说我也深铭肺腑，想对他的工作表示敬意，则幸甚。

即此奉复。总之，入 11 月后，东京一连多少日子都暖和，这两三天忽然冷了。北京大概已经颇冷了吧。我由衷地祈愿萧乾先生、文洁若先生健康。

丸山升拜
1989 年 11 月 17 日　夜

1989 年 11 月 24 日 | 文洁若致丸山升

丸山升先生：

　　11 月 17 日的大函，仅仅一周就寄到了。英国的版税也是百分之十。另外，台北的天下文化出版公司预定在明年 1 月出版《我与萧乾》的单行本（刊载在《百花洲》上的是上部，下部约 8 万字），届时从台北直接寄给先生一本。萧乾还写了一篇叫做《八十自省》的文章，预定发表在《远见》杂志上，将把该文原稿的复印件附在该书内。

　　《人民日报》上刊载了文化艺术研究所的丁亚平先生所写的《生命的暖流》，今寄给您一份剪报。他还写了《萧乾与象征主义》一文，也寄上复印件。此文做为附录，收入周健男等人所写的《萧乾的创作道路》（预定由国际文化出版公司出版）一书。先生的上述《从萧乾看中国知识分子的选择》也收进去了。

　　李辉先生在《中国作家》杂志（冯牧主编）上发表了《萧乾论》一文。他说，连他本人都认为写得好。杂志问世后将寄上。

　　信上所提及的关于书籍的评论会复印一份，拜托在日本留学的邱先生送上。

　　萧乾说，必要的话，想为日译本写篇序。他手头有英译原稿的打字件，共两公斤重，只有欧洲的部分托邱先生送上。

　　谨向夫人致意。

文洁若敬具

1989 年 11 月 24 日

1990年3月15日 | 文洁若致丸山升

丸山升教授：

　　3月5日的大函，今天收到了。《萧乾与文洁若》平安地寄到，放心了。有些地方不同于《百花洲》。出版前，接受了友人的意见，删除了几处，或予以修改。台湾的版本是定本。一位很老的朋友，读了《百花洲》，说是对萧乾的误解已消失。

　　随信附上一张相片。Birthday cake是台北的周锦先生赠送的。祝贺的活动颇热闹。这是用自己的相机拍摄的。

　　近几年，通货膨胀严重，买书的人少了。鲁迅先生为一个想买他翻译的《铁流》的工人买了一本并赠送给他。这是个有名的话题，也许如今已没有那样的工人了。

　　刊载在《早稻田文学》上的《栗子》与《皈依》是我和东洋大学讲师铃木贞美先生合译的。吉田登志子女士会中文。在译文方面，帮了不少忙。

　　在日本，巴金、郭沫若、丁玲、老舍、赵树理、沈从文、钱钟书等先生知名度很高，萧乾却一直被忽视。我衷心向头一位介绍萧乾的您致谢。

　　今天，《胡风传》的作者李辉先生来了。他说，先生是介绍、研究中国文学的首屈一指的人。眼下在北京大学留学的铃木满子女士想通过李辉与萧乾见面。她说自己是您的学生。相片并不急。在适当的时候，何时还都可以。

请向夫人问好。

文洁若敬白

1990 年 3 月 15 日

1990 年 4 月 30 日 | 文洁若致丸山升

丸山升教授：

　　昨天李辉先生打电话来了。早稻田大学的坪井佐奈枝先生的友人正好要回日本去，遂拜托她带《红毛长谈》和《书评面面观》，交给您。萧乾的《未带地图的旅人》英译本出版了。已请求出版社直接邮寄给您。

　　退还的相片，平安地收到了。送给您萧乾与我的合影三张，他个人的相片一张。并且寄上关于周作人的一篇文章。另外还有几篇，预定在 6 月刊载。

　　今年预定出版的有萧乾的《未带地图的旅人》国内版（中国文联出版公司）和写于 1979 年至 1989 年的《这十年》（重庆出版社）。那时再寄上。将萧乾、文洁若合译的 Stephen Leacok 的 Essay（斯蒂芬·里柯克的随笔）一册也与信一并寄上。

　　请向夫人问好。

　　请您一定多加保重。

文洁若敬具

1990 年 4 月 30 日

随信寄上的资料，全赠送给您。

1990 年 7 月 7 日｜萧乾致丸山升

丸山升教授：

您好吗？

铃木满子女士回日本之际，拜托她把刚出版的拙作《这十年》带给您。其中所收的一部分文章，也许您未读过。这可以说是我《选集》的第五卷。另外选了若干剪报，也托付她带去，供您研究用。假若铃木女士的行李不超重，为了您的长寿与滋养，还带给您一罐高丽参。

洁若把您的新作《建国前夕文化界的一个断面》口译给我听了。您对研究与学术的严肃态度、广博深邃的学问以及见解使我钦佩之至。关于我的文章，做些说明，供您参考。

（1）《补遗》第 41 页第 5 行，最初的妻子是谢格温。我离过一次婚。所以格温是第二个妻子。另找机会再说明。（红字是文洁若加的。）

第 41 页第 8 行，一个人的恶念：

1947 年 11 月，我的婚姻面临不可收拾的结局。破坏我和谢格温的关系的是叫做王逸慧的妇产科名医。他谎称格温是难产。为了让婴儿平安分娩，劝我们夫妇寄住在他家。（他是一家蛮大的私立妇产科医院院长。）他的妻子跟格温一样，也是混血儿。（格温的母亲是英国人。王夫人有一半美国血统。）她刚好回美国去探亲。为了救格温的命，我同意了，与妻子一道暂时寄居在位于沪西法华路的他的家里。我当时住在复旦大学提供的、坐落在沪东郊江湾的宿舍里。（与王的医院相距七公里。）婴儿平安地生下来。然而，我到复旦大学去执教鞭的当儿，王把我的家庭破坏了。关于此事，我未详细地写过。（明年上海文艺出版社将出版我的《八十自省》〔散文集〕。我写了《怀念上海》作为代序。借此机会，头一次谈及此事。将来想详细地写一下。）

（2）杨刚——参阅我写的《未带地图的旅人》（《萧乾散文特写选》代序）。另外，参阅我编选的《杨刚选集》（人民文学出版社出版）。可惜已经绝版。我们是1929年在燕京大学相互了解的。《萧乾选集》第二卷（散文）第177—192页也有一篇写她的文章。（《杨刚与包贵思》）

她是资格挺老的党员，又是英国浪漫主义文学的爱好者。曾译过简·奥斯丁（Jane Austen）的《傲慢与偏见》（*Pride and Prejudice*）。在《杨刚与包贵思》里，我写了她在1949年以后所面对的矛盾。

最后，关于比较重要的两个问题，我想阐明个人见解。

（3）您在大作里写了关于"第三路线"的问题。还写了"美国势力下"的知识分子。我在英国逗留了七年。刚好赶上工党执政。我个人对民主社会主义有某种程度的倾向。不过，您读了1946年至1949年间的《大公报》国际社评（尤其是欧洲、东南亚，后期关于美国的社评）就明白，我主要是对美国的政策进行责难。还赞扬过英国的工党，却几乎没有抨击过苏联。关于国内问题，曾再三指责国民党（参阅《红毛长谈》）。然而，在《半夜三更国际梦》中，着重考虑到人民的痛苦，向国民党与共产党双方呼吁停止内战。听说有一种我对国共双方是"各打五十板"的看法。因此，这一次《红毛长谈》再版之际，就删去了此文。我只纠弹国民党、责难美国，怎么能说是"第三路线"呢？

美国有没有利用中国知识分子的倾向呢？1945年在昆明，李公朴、闻一多二位先生被国民党暗杀时，费孝通等民主同盟盟员逃进美国领事馆，受到庇护。然而，从未听说1946年至1949年间，美国利用中国知识分子来反对共产党的事。大家对支持国民党的美国抱着反感，愤慨不已，不可能被利用。

但是，我经历过这么一件事。1956年审查干部时，已经详细说明了。1946年至1947年间，《大公报》社长胡霖忽然把我叫进他的办事处。他提到美国有叫作Fulbright Fund（富布赖特奖金）的文化奖金。接着说，《大公报》资金短缺，由于我跟曾任燕京大学校长的Leighton Stuart（司徒雷登，当时可能任美国驻华大使）有师生关系这点儿交情，要我去跟他商量一下，给《大公报》一笔文化奖金。我迫不得已，在格温的陪伴下，乘夜车赴南京。大使请我们喝茶（他与格温曾一道航行）。然而，一听富布赖特奖金的事儿，就皱起眉来。他总算说了句"问问华盛顿"。我们回上海后不久，就收到了电报："不行。"

当时，《大公报》应该是介于中国共产党与国民党（或《新华日报》与《中央日报》）之间的、有影响的自由派报纸。倘若美国有利用中国的中间派知识分子的意图，这可以说是极好的机会——可是，他们毫不迟疑地拒绝了。

1946年，萧乾（右二）在广州白云机场留影（柳琴提供）

关于《新路》，我看到过捐款的名单。大部分人后来都成了民族资本家（例如孙越崎）。这杂志只刊行了数期，就被国民党"禁止发行"了。我把刊登在《新路》上的文章全收进 1990 年版的《红毛长谈》。至今我也没见到关于"第三路线"的组织或行动的证据。

其实，经杨刚奔走，已决定由我在香港做《大公报》改版以及编《中国文摘》(China Digest) 的工作。当时郭先生还不是党员，不谙此事。

（4）1935 年至 1939 年间，我编《大公报·文艺》时，没有刊用过攻击左联的文章。唯一的例外是沈从文（他是我的恩师，我只好服从）发起的"论差不多"的论战。当时巴金先生（我的领路人）劝告我不要参加论战。"第三种人"或"两个口号"的论战，我都没参加，也没刊载过这类文章。我只刊登纯文学创作。不过，沈先生是《文艺》的创始者，无论他做什么，我都制止不了。

1939 年至 1946 年，我去了英国。回国后听说，西南联合大学（昆明）的一部分右翼教授组织了"战国策派"，出版了同人杂志。当时沈先生是该杂志的中心人物（我一篇也未读过）。

1954 年，沈先生成为政协委员，在《人民文学》上刊登了歌颂中国共产党的旧体诗。

最后写一下我和他绝交的经过。

1949 年至 1952 年间，沈先生住在叫做"三不老胡同"的偏僻的地方。我每周都去探望他与杨振声教授（另一位恩师）。1961 年我从农场返回北京后，马上去拜访他。并在位于豆嘴胡同的自己家中，请我岳母做了好几样儿拿手好菜款待他和夫人。1967年去"五七干校"后，他给我写了一封长信（后刊登于1988年7月14日的《人民日报》，随信附上剪报，供您参考）。1972年，文洁若请探亲假回北京时，拜访了三个人，其中的两个是沈从文先生与其外甥黄永玉教授。第三个是孙用先生。（参考《萧乾与文洁若》上卷，第210页，第2—3行。）

关于此事的真相，请向沈夫人进行了解。她是唯一知道内情的人。

a. 1973年1月，我从湖北的干校请假回北京看病，马上就去看望沈先生。当时，他独自生活在东堂子胡同的一间小屋子里。夫人和两个儿子住在羊宜宾胡同。每天，为了吃饭，他得三次走过自行车来往频繁的南小街，再走回来。他是高度近视眼，而且高龄，我替他捏把汗，但愿别出事故。

b. 当时，沈先生隶属于历史博物馆。我正在辅导在该馆当组长的一位姓夏的共产党员的女儿英语。我赶紧向她的母亲反映了沈先生房荒的问题，跟她商量能否想法儿解决。几天后，她回答说，已经分给沈先生位于郊外的住宅区的一座三居室。他以交通不方便为理由拒绝了。言外之意是，所以不能重新给他一座住宅。我没告诉沈氏夫妇此事。

c. 过了大约一年，我跟沈夫人张兆和女士谈话时，不知怎么一来，向她透露曾为他们的房荒奔走过的事。（当时我们一家人的居住情况比他们还糟糕，蜗居在用八平方米的"门洞"改建的斗室里。）

这是我的猜测，兆和好像误会为我正在为他们的住宅而奔走，就对沈从文先生这么说了。

d. 沈先生立即给我写了一封绝交函般的信，用苛刻的措词指摘我干涉了他的私生活。我在他的信上添加了几行字，拜托跟张兆和住在同院的诗人吕剑兄面交给沈先生。大意是：那是已经过去了的事，可惜成为泡影。反正我是抱着善意做的。

e. 几天后，我骑着自行车，前往当时的工作岗位版本图书馆。半路上，在南小街遇见了他。我告诉他此事的大致情况，并问："您为什么那么生气？"我一辈子也忘不了他当时对我说的话："你不知道我现在正申请入党吗？"（当时"四人帮"正在政坛专横跋扈。）

这时，我忽然领悟了。他生怕由于我的奔走，自己会被认为致力于改善个人生活。因为对他而言，那是十分不利的。

完全不能想象，但愿是我听错了。

f. 这之后，翻译家、诗人李荒芜先生告诉我，沈先生病危。出于对沈先生感激的心情，我给他写了这么一封信："倘若不会因为我去探望您而加重您的病情，我想去问候您，不知您的意见如何？"过了好久才收到沈先生的回信。他骂了我，说是非但生前不想见我，死后也不让我参加追悼会。这一次，我封上该信，托李荒芜兄还给张兆和女士。我附上一封短信："那么，我就不再见沈先生了。保证今后绝对不来往，并保证不做对他不利的事。"

g. 沈先生去世前，李辉先生曾努力让我与他和解。我说，什么时候我都可以去拜访沈先生。据李先生说，沈先生在言谈中也表示愿意和解。李先生原表示他出差后再办此事，可惜没等他回来，沈先生就去世了。

我至今认为沈先生是一位杰出的文学艺术家。他对青年尤其热情。1937年至1938年秋，我和他一道从武昌前往长沙—辰州（他的长兄曾住在那里）—贵州—昆明，打了约莫一年的交道，友谊说得上是深的。"文革"期间，关于他的事，造反派向我调查了二十来次。他们让我证明沈从文是国民党。我回答说："沈从文不是国民党。他跟我一样，是'不理解革命的知识分子'。"意思是："牛鬼蛇神。"

到了1957年，我深刻体会到，沈从文先生与巴金先生不同。作为艺术家，我崇拜沈从文，然而作为朋友与个人，我想接近巴金。

上面，我向您开诚布公地倾诉了真心话。我希望您能明白，我在弄清事实的同时，不想伤害沈从文先生。

萧乾敬启

1990年7月7日

1990 年 7 月 7 日 ｜ 文洁若致丸山升（一）

丸山升先生：

　　今天是 6 月 15 日，两本《建国前夕文化界的一个断面》，确实收到了。自 5 日起，我在友谊医院照料萧乾。由于医疗事故，他动了两次大手术。结果，失掉了左肾。剩下的右肾也逐渐失去功能。确诊为初期尿毒症。然而，他精神抖擞，不像是个病人。我把《建国前夕文化界的一个断面——〈从萧乾看中国知识分子的选择〉补遗》口译给卧病在床的他听。他非常感动，并且感谢您。

　　今天是 6 月 22 日。我在上海继续写这封信。萧乾于 19 日出院，我和他一道乘飞机抵上海。现在他任中央文史研究馆馆长。为了在上海出版《全国文史笔记丛书》，要开会，所以重访阔别三十四年的上海。我是陪他来的。反而比在北京时有闲空儿，我曾把在医院期间听萧乾说的话扼要地记下来，现在译成日文。全都是他听罢《一个断面》的口译后的感想。

　　1946 年至 1949 年这三年，中国知识分子（尤其是受过欧美教育者——哪怕他们不曾到欧洲或美国去留学）被迫站在做出严峻选择的十字路口。彻底地相信共产主义，以及追随国民党的人，当然不会陷入进退两难的境地。不过，尽管对国民党的腐败统治心怀不满，未必赞成共产党的一部分知识分子感到极其苦恼。萧乾所面临的矛盾格外强烈而复杂。那是因为左派以诽谤为武器攻击了他。当时，曾被鲁迅先生与郭沫若先生批判过的几个人终究未回到解放区来。曹聚仁和徐讦逗留在香港，从而避免了一场厄运。由于怀念家乡和民族感情的缘故，萧乾冒着危险返回北京。我们认为，您匀出宝贵的时间，精力旺盛地研究像萧乾这样的知识分子在这个时期的心态。其意义比为一千个人"平反"还要深远。为了弄清楚混乱的历史，您在进行种种调查。然而，这样的工作，从外面来做，比从里面来做容易，而且客观。因为用不着看形势。

您的《从萧乾看中国知识分子的选择》被译成中文，作为附录收在王嘉良、周健男合著的《萧乾评传》里。此书预定今年出版。另外，中国现代文学馆出版的季刊《中国现代文学研究丛刊》也予以刊登。我想把这次的《建国前夕文化界的一个断面——〈从萧乾看中国知识分子的选择〉补遗》也赶紧译出，尽可能同样发表在《中国现代文学研究丛刊》上。1948 年，郭沫若先生批判了萧乾。因此，《补遗》的译文能否登载，现在暂且不大清楚。但是，您在深入研究的基础上执笔的这篇公正的文章，必须会受到历史学家的注目，而且能够引为借鉴。

最近有一位叫傅光明的青年为台湾的一家出版社写了一本《萧乾评传》。傅君是中国现代文学馆的馆员，所以从萧乾全部的作品起，就连他在 40 年代写的《大公报》评论，都有机会读。傅君写道，在国民党与共产党中，萧乾只抨击蒋介石政权，完全没有批评中国共产党。那时萧乾未去过解放区。1948 年 8 月由上海的观察社出版的《红毛长谈》一书，收入了《半夜三更国际梦》一文。他富有讽刺意味地向国民党与共产党双方呼吁停止内战。他听说共产党对此文不满，今年再版时，把这篇文章与《中古政治》一道删除了。唯一的版本已捐赠给现代文学馆。所以送给您复印件。倘若跟 1990 年出版的版本对照着看，就明白其他几篇也没少修改。这套丛书的文章当时引起了巨大反响。读者来信蜂拥而至，附录中收入了一部分。

您读了 1990 年出版的《红毛长谈》第二辑就理解，美国与苏联中，萧乾是在把美国当靶子来打。为了证明自己是清白的，他把刊登在《新路》上的文章全收入《红毛长谈》了。他认为不能说自己当时采取了"中间路线"。

然而，他但愿中国共产党不要模仿斯大林的苏联以及东欧那样的共产主义。不过，1957 年他在《放心·容忍·人事工作》一文中，劝告共产党广泛地接受各方面的意见。我认为他的原意是拥护共产党的。老早以前他就有这样的想法。解放后秘而不宣。1957 年，这才温和地把自己所想的写成文章。就连在他受批判时，也坚持自己的看法。

经过 1966 年的"文革"，萧乾他相信"文革"的灾难是教条主义的必然结果。为了避免像这样的 Vicious Circle（恶性循环），必须进行改革。

这是应该由新一代的知识分子完成的任务。萧乾打算一边适当地回顾过去的生活，一切过有限的余生。对他而言，您是难得的知遇。为了报答您的友谊，他想坦率、直言不讳地与您交心。而且他相信岁月和历史是公平的。近来他越发这么确信了。

今天是 7 月 7 日，我们已于 5 日返回北京。昨天，萧乾写了 18 页信。他的笔迹有点儿不好认，所以由我译成日文，供您参考。

请向夫人问好。

请保重身体。

文洁若敬白

1990 年 7 月 7 日

1990 年 7 月 7 日 ｜ 文洁若致丸山升（二）

丸山升先生：

　　久疏问候。萧乾住院半个月，然后我陪他到上海、杭州、宁波、普陀去了半个月。您寄回来的《建国前夕文化界的一个断面》以及 6 月 4 日的大函均平安地收到了。对您的询问，回答如下：

　　（1）第 4 页左 3 行：傅汉斯（Hans Frankle）。

　　（2）第 7 页第 1—2 行：在这里，"不争气"指的是"不听话"。《中日大辞典》（爱知大学中日大辞典编纂处编）第171 页。另有"松懈"（しやんとしない）、"不好好干"（しっかりしない）的意思。在这里，译为"不好好干"较恰当。在穷寡妇来说，听话而不使母亲为难的儿子就是争气的儿子，不听管束的儿子就是不争气的儿子。

　　（3）第 13 页第 9 行：惠蒂尔（Whittier）。

　　（4）第 14 页左 2 行：师姑是老师的姐妹。英译本为：teacher's sister。

　　（5）第 15 页第 3 行：褡裢坑是地名。英译本为：Pocketbook Hollow。

　　（6）第 20 页第 4 行：温德华是 Wentworth。

　　（7）第 20 页第 7 行：大黑门是涂了黑漆的大门。

　　（8）第 21 页第 7 行："死不了"是生命力非常强的草

花。我家里刚好培植着，随信寄上标本。可惜今年没有开花。只要有太阳，即使水分少，轻易不会凋零。所以就有了"死不了"一名。也叫"太阳花"，字典上却查不到。英译本为：you-just-can't-kill-me。

（9）第201页左9行：凯·莫尔非（Kay Murphy）。

（10）第201页左8行：Nelson Ellingworth（ネルソン·イリンヴォース）。

（11）第201页左6行：正如您所说，是William Saroya。

（12）第215页第3行：护照是本国政府给的。签证是对方政府在护照上盖了允许入境的章。Visa是护照，passport是签证。英译本为passport与visa。原文是护照。其实包含着"护照"与"签证"两种意义，所以就译成了passport与visa。

（13）第215页左5行：Glasgow是スコットランド（苏格兰，Scotland的港口。萧乾的笔误。英译本只译了Glasgow，把"苏格兰的主要港口"省略了。

（14）第21页左2行：《风雨归舟》是传统的岔曲。岔曲是中国北方的杂曲之一：〔八角鼓曲〕的前奏曲，大都是吟咏风花雪月的短曲。全曲很短，大约10分钟就完了。曲调优美，像是散文诗。渔民正垂钓时，风雨交加，周围一片朦胧。渔民在亭子下面等待雨停。风暴平息下去后，莲叶上水珠闪闪发光。渔民手提鱼笼子高高兴兴地走上归途。钓到的鱼，一半出售，以便喝酒，另一半放进佐料，煮着吃。

　　如果另外还有不明白的地方，请不要客气，尽管询问。

文洁若敬白

1990 年 7 月 7 日

1990年7月8日 | 丸山升致萧乾、文洁若

萧乾先生：

文洁若先生：

    托坪井佐奈枝女士的友人带来的三本尊著以及相片、一批资料，拜收无误。谢谢二位。前些日子寄给您们拙论一篇与信一封，估计已经收到了。恐怕我寄的信会比拙论迟到几天乃至一周，您们或许会觉得奇怪。那是我粗心大意，忘了投入邮筒，过了数日才发觉。是我的责任，不能怪日中两国的邮政局。

    进入暑假后，《回忆录》的翻译好容易才进展得顺利起来。正在考虑争取在暑假期间完成，年内出版。前几天向您们询问了几个问题。我想今后也会有必须请二位指教的种种疑问。请关照。

    承蒙赠送尊著，特此表示谢忱。暑热将近，请注意身体。

丸山升拜

1990 年 7 月 8 日

1990年8月23日 | 文洁若致丸山升

丸山升教授：

今拜托坪井佐奈枝女士送上新出版的英译本以及《萧乾评传》。如果今年日译本出版了，请您代作者赠送给坪井女士一本。

把您的《从萧乾看中国知识分子的选择》作为附录放在《萧乾评传》后面了。

随信附上六张照片。其中四张是今年6月拍摄的，我认为比以前那些旧的有新鲜感。您原先还给我们的相片，还特地到照相馆去印了拷贝，您破费了。在巴金先生家的合影是朋友为我们拍摄的（倘若放相片，开支就会增多，我认为得问一下出版社的意见。并不急，您就这么用吧，什么时候还都可以）。

出书后，除了送给坪井女士一本，请您寄给我们四本。航空寄太贵了，请转告出版社用船邮寄为荷。

英译本引起了较大的反响，我觉得在日本却不行。

萧乾说，向您们伉俪问好。

文洁若敬具
1990年8月23日

1990 年 10 月 8 日 | 萧乾致丸山升

丸山升教授：

您好！洁若已把您寄来的大作《探讨知识人的自立》译给我听了。中国有句谚语，旁观者清。我仿佛随您坐了一趟飞机，对现实有了鸟瞰。我感到您不只是位汉学家，更是我们一位真诚而有卓见的朋友。

正如您所写，1949 年由外面奔回（如我自己）或留在这里的人们，都是对国民党深恶痛绝，不相信他们能把国家搞好的。那时，我们这些原来生活在"白区"的知识分子（除了地下党之外）都抱有浪子回头的决心。很少人自恃自己的专长，都首先想"脱胎换骨"。我知道有些研究英美法文学的学者，马上抛掉原有的学识，转而突击俄文。1950 年至 1952 年的土改，最能看出知识分子的决心。我这人最有洁癖。然而 1950 年冬天我住在湖南岳阳一个农民家庭里。全家只有一个木盆：早上洗脸，中午淘饭，晚上洗脚。然而为了改造自己，也改造社会，我心甘情愿。当时一心一意希望改造自己，并以螺丝钉身份，协助党改造中国。

但不同于许多人，我是了解一些 30 年代苏联以及 40 年代东欧的做法的。我希望中国会创造出一种既消灭剥削又能保持一定程度的民主自由的社会主义。但我在任何情形下，也不悲观。我相信永恒的中国将永远存在，并且在历史长河中，永远前进——但不会是笔直的，而是时有倒退。路子是曲折的。

80年代我的中心写作是自己生活的 Memoir（回忆录）。90年代我将以创作回忆录为中心。并且已决定自1991年起，开始在《新文学史料》上发表。第一篇已交稿，题目是《透过活物看人生》(*To See Life Throug Pets*)，讲我的写作与小动物及昆虫的关系。第二篇拟写我与基督教。希望得到教授的指正。

自春间体检，即发现我的右肾（左肾已切除）功能只及常人的三分之一左右。所以，目前我在积极治病。吃药并控制饮食。我们可谓是病友了。希望您也多多保重。

即颂

撰安并问候尊夫人

萧乾上

1990 年 10 月 8 日

1990 年 10 月 19 日｜丸山升致萧乾

萧乾先生：

　　非常高兴地拜读了大函。我那篇文章是去年所写的东西里，着力写的。想请您看一下，恭听您的批评，却又怕给您添麻烦，就没寄去。您非但读了，还写了一封极其恳切的信。这完全是望外的幸运。将拙文的译文收入《萧乾评传》，也使我喜悦。非常感谢。说句冒昧的话："就原作者而言，对译文是满意的。迄今已有几篇我的文章被译出来，我对译文总是不满意。说不定也怪我的日语太曲折。稍微复杂的表达，有时竟误译得与原意完全颠倒了。这是继去年刊载在《文学评论》第 2 期上的文章。（杂志上没有注明译者名。译者是社科院文学研究所的孙歌女士。当时她作为东京大学的外国人研究员来日，翻译了此文。我带着她的译文，赴中国，在北京大学与文学研究所，不是'讲学'，而是'念学'。）之后，第二篇我读了得以感受到是出自本人手笔的译文。"倘若您能向译者李黎先生转告我对她的问候，幸甚。当然，文先生看过译文，加了工，我得再次致谢。
　　我比什么都忧虑先生的健康。恳求您无论如何不要勉强。

丸山升拜

1990 年 10 月 19 日

1991 年 1 月 1 日 |

丸山升、丸山松子致萧乾、文洁若

萧乾先生:

文洁若先生:

Best Wishes

for

A Merry Christmas

A Happy New Year

恭贺新禧

　尊著的翻译，耽误了，对不起。最终稿好容易即将完成了，估计今年上半年可以出版。

1991 年元旦

丸山升

松子　鞠躬

1991年8月8日 | 萧乾致丸山升

丸山升先生台鉴：

接手方知您来沪访问。尽管我们不能会晤，知您驾临中国，我还是倍感亲切。我也是肾疾患者，只是初期。深知不宜远行，完全理解。希望您多多珍重，切勿过劳。

谈到这里，我实在有罪疚之感，因为拙作《未带地图的旅人》给您添了麻烦。但愿一切顺利，首先是不要影响您的健康。

年来除了写些短文（拙作《我的医药哲学》附上请正）之外，我在写《文学回忆录》。现正在《新文学史料》上连载。

已登出：1.《在十字架的阴影下》及2.《透过活物看人生》二章。

已交稿待发稿的有：3.《我当过文学保姆》——记七年《大公报·文艺副刊》编辑的甘与苦。4.《跑江湖采访人生》，记旅行记者生涯。

目前正在写：5.《我的副业是沟通土洋》。谈我通过《中国简报》《辅仁杂志》、埃德加·斯诺（Edgar Snow）的《活的中国》（*Living China*）等，把中国新文学介绍到西方的经过。

6.拟（尚未定）写《我怎样砍自己》——写1979年

起重印旧作时，我是怎样大删大砍的——主要是为了怕受批判。

这本《文学回忆录》可能先由台湾业强出版社先出。(明年5月前。因5月，这里现代文学馆及历史博物馆拟举办"萧乾文学生涯六十周年纪念"，将举行展览并正在编一本纪念文集。他们甚望您赐予一篇大作，谈有关我们任何方面——当然包括批评。)

今年台湾"商务印书馆"还将出我的《选集》六卷。上海文艺出版社将出我的《八十自省》。如有便人当托奉上。

即颂

文祺

萧乾上

1991年8月8日

中央文史研究馆

九山升先生台鉴：接手不断惠来温访问。尽管我们不是今暗，久违驾临中国，我还是倍感歉歉。我也是牛皮癣患者，只是初期，深知不宜远行，完全理解。希望您多多珍重，切勿过劳。

说到这里，我实在有罪疚之感。因为拙作《未带地图的旅人》给您添了麻烦。但愿一切顺利，首先是不要影响您的健康。

年来发表了写些短文（拙作《我的医药哲学》请您请正）等，我在写文学回忆录，现正在《新文学史料》上连载。已登出《在十字架的阴影下》及《透过活物看人生》二章，这将作为续发表的。

3. 《我当过文学保姆》——记七年《大公报》文艺副刊，徐铸的生与苦

4. 《驼峰棚果话人生》记旅行记与生涯。

1992年1月24日 | 萧乾致丸山升

丸山升教授：

新年好！

兹乘铃木小姐回国之便，特带上大陆版拙作回忆录《未带地图的旅人》一册。印刷装帧远不如港版，内容幸未大删节。

我年来除偶写短文，主要在写文学回忆录，在《新文学史料》上连载。前五章已由台湾业强出版社出单行本。大陆版原拟写八章，现决定写完六章即告结束。上半年可望由华艺出版社印出。届时将设法送上。

此间现代文学馆与台湾现代文学研究中心已决定于今年5月5日至15日在北京历史博物馆（在天安门广场）举办一次"萧乾文学生涯六十年展览"。另外，现代文学馆又编了一本关于我的研究专集，特请冰心、严文井、戴厚英等撰文，分印象、小说、散文、特写、杂文、副刊及交流等编，其中有批评家（杨义）的专论以及北京大学及苏州大学硕士生毕业论文的摘选。铃木女士已看过部分原稿，当能面陈。

不知《未带地图的旅人》日译本能否赶上此展览？我十分盼望能来得及。

今年我为中央文史馆（见附册）所主编的《新编文史笔记丛书》将开始问世。第一辑春间可望问世，共12本。我们计划编 50 本左右。秋天还拟偕洁若赴澳门一行。

希望阁下身体健康，全家清和。

即颂

春祺

萧乾

1992 年 1 月 24 日

1992 年 11 月 24 日 | 萧乾致丸山升

丸山升教授：

　　非常感谢您请江上幸子女士带来的尊译。印刷精美，太可爱了。洁若当晚把您的序言译给我听了，很是感动。我能在东瀛有您这样一位知音，真是幸运。

　　前些日子台湾"商务印书馆"印了我六卷（五册）选集。我曾嘱他们出版后，寄您一套。不知您收到了否？如未收到，祈示知，以便补奉。这次托江上女士带上我的《文学回忆录》及《萧乾研究专集》。可惜集中未收入大作。

　　此颂
文祺

萧乾

1992 年 11 月 24 日

1993年4月11日 | 丸山升致萧乾、文洁若

尊敬的萧乾先生：

　　文洁若先生：

　　久疏问候。后来萧乾先生的健康状态怎样呢？

　　《未带地图的旅人》日译本的上卷，将于5月出版，下卷也不会太迟。现将我写的后记的原稿随信寄上。此文将附在上卷末尾。写得不成熟，生怕或许有失敬处，请予宽恕。

　　我这方面，健康情况大致良好，透析的状况也是稳定的。今年3月，60岁，从东京大学退休了。原来打算到一家私立大学去任职，由于出乎意料的阻碍，未实现。今年就靠养老金与外聘讲师的收入，经济上有点困难。时间却比以前多了。打算尽可能发奋读书，养精蓄锐。

　　铃木满子女士说，想把去年1月出版的拙著送一本给两位先生。您们肯看吗？那当然是我个人的见解。希望您们能把这看作在当前的日本知识分子中，至少是具有一定的宽容的一部分人的想法，予以理解。

　　接连好几天，东京的气温似乎回到冬季了似的。今天好歹暖和了。北京不知道怎样？请您们务必多加保重。衷心祝愿先生的展览会举办成功。谨启

丸山升拜

1992年4月11日

1993 年 4 月 16 日 | 文洁若致丸山升

丸山升先生：

大函和出版合同今天（4 月 16 日）收到了。《未带地图的旅人》上册（20 本）早已收到，下册尚未收到。

请您不要为版税担心。我认为，日本读者能读到这本书，那才是重要的。我们感谢花传社和三位译者。

尽管署名是李黎，其实是我把侄女的名字（她跟着母亲姓，现在李黎在中央大学攻读硕士学位）作为我的笔名。那篇也是我译的。作家协会副主席冯牧先生读了刊登在《新文学史料》上的您的大作①，赞不绝口。出乎意料的是文学界不晓得此事的好像很多。您做了一件有意义的工作。

一周以来，萧乾在喝一位内蒙古医生的药。他今年 60 岁，已经治好了两千六百个病人（包括白血病患者）。再过两个月，就能看出治疗效果。

今年 1 月 15 日，一直和我在一起生活的三姐，突然去世。

我尚未从打击中恢复。译完《尤利西斯》，想写一本以姐姐为中心的书。

铃木满子女士于 1 月 13 日光临舍下，在门口那儿拍照。

---

① 指《建国前夕文化界的一个断面》。

我邀请三姐"一道照相"。三姐正在自己屋子里看书，说："不照"。

铃木女士听说我姐姐的事，打电话表示哀悼。此事好像给了她很深的印象。

文洁若敬白

1993 年 4 月 16 日

1993年4月17日 | 萧乾致丸山升

丸山升教授：

您的来示大意已由洁若传达，非常感激您的隆情厚谊，不但使我可以同日本广大读者见面，并且为我于1948年在郭沫若先生手中所受的冤枉得到伸雪。我自己那时年轻无知，在国外七年，不知国内文坛已有"盟主"。以致得罪了老人家，也是罪有应得。

洁若与我近时全力以赴地在译 *Ulysses*（《尤利西斯》）。此书日本已有数个译本，而中国至今只有节译（摘译）。对于贵国的翻译家，我衷心佩服。干文学翻译，就必须有点埋头苦干的精神。我就缺乏这种精神。还是在洁若的鞭策下，才干起来的。

拙作《未带地图的旅人》已被美国 Stanford University Press（斯坦福大学出版社）所接受了。随信寄上该出版社在请专家审查评估拙作时所写的审查报告。（照例不署名。）

近时我除了台湾"商务印书馆"那套六卷选集外，只出了一本《我的医药哲学》。另外，傅光明还编了三本，其中一本是由台湾业强出版社印行。俟有便人当呈上求教。（目前还只有《医药哲学》一种。）

此文最后我说，如果让我在便秘与腹泻之间选择，我宁愿腹泻，因便秘更致命。我要说的是：为政者一定要开言路，而不能堵塞也。

　　祝双安

萧乾

1993 年 4 月 17 日

1993 年 8 月 6 日 | 萧乾致丸山升

丸山升教授：

　　久未问候，想您一切均好。洁若告诉我，您就 30 年代"两个口号"问题写了宏文，甚佩。当时，我是签了鲁迅先生的口号，其实对二者的区别，实在不甚了了。拙编《大公报·文艺》也一向未卷入。

　　即颂文祺

萧乾

1993 年 8 月 6 日

1993 年 8 月 6 日 | 文洁若致丸山升

丸山升教授：

　　感谢来信和《由〈答徐懋庸并关于抗日统一战线问题〉手稿引发的思考》的抽印本。我把文章翻给萧乾听了，他说要是中译文能发表在《新文学史料》上，一定会引起关注。
　　随信寄上一张 7 月 16 日，我们在元好问的坟墓前拍摄的合影。

文洁若敬白
1993 年 8 月 6 日

1999年2月18日｜丸山升致文洁若

文洁若先生：

　　前天，靳飞先生来信，告知了萧乾先生逝世的消息。而就在前些日子，收到您夫妇俩托张小威先生转来的书信，获悉萧乾先生病情稳定，我感到高兴，正想回复的时候，不胜震惊与悲痛。恳请文洁若先生和家属节哀顺变。

　　萧乾先生的一生，用中国人的话来说，是"坎坷"的一生。他生于逆境，凭自己的力量打开人生的局面，确立了作家和记者的地位。从抗日战争到第二次世界大战，作为记者旅居欧洲，直接观察、报道了反法西斯战争的实况，以及当时英国的生活状况和思想文化状况。这些体验和知识，对于建设新的中国也将作为极其宝贵和有益的东西发挥作用。可是非但没有发挥作用，反而给先生及家庭带来了太多的不幸。我认为，不仅对于您夫妇，而且对于中国，甚至20世纪的历史，特别是人类的精神史，都造成了创伤。

　　现在，回顾先生的一生，至少略感欣慰的是，从"文革"结束、恢复名誉直至逝世，比起忍受着无端非难的日子来，真是度过了一段平静而安定的岁月。尽管住院两年之久，有文洁若先生陪伴身旁，前一阵子的来信里，就流露出了平和安心的氛围。

　　"文革"后，我几乎是偶然接触到萧乾先生的作品的。

以此为契机，略微有系统地拜读了先生的文章。我衷心认为，对我的人生而言，此乃一大幸事。因而不仅得以对中国现代文学，而且对中国本身也拓宽并加深了理解。从这个意义上来说，我把先生看做包括日本人在内的几位"恩师"之一。我由衷地想再次对先生的"学恩"表示感谢。

多年来，文洁若先生也辛苦了。尤其这些年一直照顾着住院的先生，非常疲惫。很担心悲痛之情增加您的负担，会弄垮了身体。衷心恳请您一定多加保重。

言犹未尽，匆忙之间给您写信。本应该亲笔写的，但我的字一直都不好看，担心反而会给您添麻烦，请原谅我用打字机来打字。

日本东京　丸山升拜
1999 年 2 月 18 日

1999 年 4 月 5 日 ｜ 丸山升致文洁若

文洁若先生：

3 月 13 日、19 日的大函都从冈田祥子那里收到了。《反思郭沫若》一书和朱镕基总理的亲笔信的复印件和 *The Guardian* 剪报也都确实收到。非常感谢。朱总理信里的，您也提到的一句给了我很深刻的印象。

萧乾先生的逝世，不仅是中国文学的很大损失，在世界文学和世界知识界来说也是太深刻的打击。而且，冰心、钱钟书两位先生的相继去世，又增加了我们的悲哀和寂寥。

请文先生千万不要太过悲伤，节哀保重身体。期待您成功地完成《萧乾全集》、《萧乾译文全集》、《萧乾自传》等的工作。

您提到了补收在《反思郭沫若》的拙文的稿费问题，请勿挂念。在那样老实的论文集里，能看到拙文，已经充分叫我满足，不敢为稿费给您添麻烦。如果能办到，请先生把表示我悲哀的一小束鲜花，献给萧乾先生照片前为幸。

我身体条件，最近比较稳定，除了每星期二、四、六得上医院做透析外，没有什么特别的问题。记性和体力的低下是难免的，但还算好，能教课、写文章。

请先生多多保重身体，继续给我们中外的读者，留下关于萧乾先生晚年的形象和生活情况。

专此即颂

文安。

东京丸山升

1999 年 4 月 5 日

2000 年 4 月 30 日 ｜ 丸山升致文洁若

文洁若先生：

您好！好久没有写信，很抱歉。希望您身体没有什么问题，请多多保重。

前几天，靳飞君把您特意馈赠的《微笑着离去》一书，转寄来了。衷心感谢您的厚意。我早已从日本的书店买了一本。但您百忙之中给我署名的书，对我来说，是最好的、最宝贵的萧乾先生纪念的书。我夫人松子也很感谢您。

从靳飞君信，得知日本政府已经决定了，赠送您外务大臣赏，我也觉得非常高兴。听说，您可能 7 月份左右来日本，如顺利地实现，我盼望有和您重逢之机会。我和松子都希望您到寒舍来做客一次。

专此敬颂

您身体健康。

丸山升

2000 年 4 月 30 日

补记：我最近编译了《中国现代文学珠玉选》Ⅰ、Ⅱ。第二卷收入萧乾先生大作《雨夕》，我自己译成日语的。邮寄各奉一本，请不吝指正为幸。

附录

从萧乾看中国知识分子的选择

丸山升

　　直到最近，在日本非但对萧乾（1910—　）这位文学家没有进行过研究、评论，连翻译、介绍他的作品都不多见。即使在中国，尤其是 1957 年他被划为"右派"以来，几乎未对他进行过论述。"文革"前出版的对各个作家所做的研究文献目录当中，几乎也看不到有关他的条目。

　　据说在中国，近来年经读者和研究家的景仰之情集中于一向被简慢的作家身上；也许是对过去的逆反，一部分人对鲁迅、郭沫若、茅盾等颇有微词。在这种情形下，作为一向被简慢的作家名单中，经常被提到的是徐志摩、戴望舒、郁达夫、沈从文、钱钟书、萧乾等人。

　　当历史经过一个转折点时，一向遭受贬抑一事本身，就能成为人们瞩目的理由，这恐怕源于人类天然的本性。但这样又往往将过去的历史颠倒过来，这样的例子屡见不鲜。这里只以萧乾为例。倘若预先抱有成见，把他的作品看成非左翼的乃至反左翼的，从而忽略了从本质上来追寻他的精神轨迹，那么最终就会把他作为"右派"予以否定的中国过去的看法颠倒过来，反而远离了就其作品而理解其作品的道路。我认为，这样就毋宁使他所走过来的道路和他的作品失去了对今日中国所具有的意义。

从这一角度来重新观察萧乾走过的路，我们能看到这样一种心态类型：他面临的确实是中国现代知识分子所遇到的种种问题，而且整个抗日战争时期——自29岁至36岁为止——他几乎都是在欧洲度过的，因而具有些许独特的体验。我认为，通过对他这种精神状态的探讨本身，就可以得到进一步多层次地、立体地重新评价中国近、现代精神史的线索。

只是限于篇幅，而且在有关萧乾的资料并不充足的现状下，不可能阐述得透彻。为避免用抽象的词句独自喋喋不休，目前就不可能对其精神轨迹做全面论述。本稿只限于谈论他在某个时期的选择，借以探讨思考问题的线索。

一

1979年，萧乾写道：

"1949年初，我站在生命的一个大十字路口上，做出了决定自己和一家命运的选择。"①

"1949年初"指的是3月。当时萧乾一方面参与香港《大公报》的工作，一方面秘密参加英文杂志 *China Digest*（《中国文摘》）的编译工作。《中国文摘》是"地下党的对外宣传刊物"。萧乾紧接着写道：

———————————

① 见《往事三瞥》，1979年5月28日《人民日报》。

其实，头一年这个选择早已做了。家庭破裂后，正当我急于离开上海之际，剑桥给我来了一封信：大学要成立中文系，要我去讲现代中国文学。当时我已参加了作为报纸起义前奏的学习会，政治上从一团漆黑开始瞥见了一线曙光。同时，在国外漂泊了七年，实在不想再出去了。在杨刚的鼓励下，就写信回绝了。

太平洋战争后爆发了内战，大局将定之际，国内的老百姓即便不欢迎这个革命，也只能在现实中求生存。然而对知识分子，尤其是居住在国外的人们来说，至少还有两种选择的余地；要么与即将逃往台湾的国民党共同行动，要么到外国去寻找安逸之地定居下来。尽管当时许多人对国民党的腐败感到厌恶。然而后者的选择余地仍是很大的。"决定自己和一家命运的选择"指的即是这个。

但是，紧接着他又写道："其实，头一年这个选择早已做了。"开头他之所以从1949年的事写起，指的是他毅然放弃了1949年再次出现的机会之意；在记忆中，后者摆在他面前的选择更为严峻。或者是当1979年回顾往事时，重新认识到1949年所做选择的意义之重大。

这一选择自然是指究竟是应聘赴剑桥大学呢，还是参加新中国的建设。在后文中，萧乾继续讲述做选择的经过。

1949年3月的一天，萧乾正在九龙花墟道的寓所修改《中国文摘》的稿子，剑桥大学中文系的古斯塔夫·何伦教授前来造访。他气喘吁吁地爬上楼梯，呷了一口茶，说他是负有两项使命到香港来的：一项是替大学采购中文书籍，另一项是"把你同你们一家接到剑桥"。他明明晓得萧乾已经回绝了前一年的聘请，可是因为那时中国（萧乾在括弧里注明：他"指的是白色的中国"）还没陷入有如今天的危境（同样注明："指的是天津战役后国民党败溃的局面"），事已至此，因而估计萧乾会回心转意。

> 可是当时他所说的"危境"正是我以及全体中国人民所渴望着的黎明。我坦率地告诉他说，我是个土生土长的中国人，中国在重生，我不能在这样时刻走开。

然而两三天后何伦教授又来了。"这位最怕爬楼梯的老教授"说他这回不是代表大学，而是作为"一个对共产党有些'了解'的老朋友"来对萧乾进行一些忠告。他举出战后东欧所发生的一连串事件为例，说玛萨里克死得不明不白，匈牙利也出了红衣大主教敏岑蒂事件等。末了，何伦把萧乾那句"我不会改变主意"的声明当作耳旁风，说了句"明天这时候我再来"，就告辞了。

也可以认为何伦教授抱的是一种强加于人的固执态度，完全不想理解萧乾以及当时的中国知识分子的想法；然而萧乾毋宁是用善意的笔触来描绘其形象的。

何伦是个出生于捷克的汉学家，取得了英籍。1939年，萧乾应邀赴伦敦大学东方学院中文系担任讲师，10月抵伦敦。当时该学院为了躲避德机轰炸而疏散到剑桥大学。1940年，他随校一度回伦敦，1942年辞去教职，成为剑桥大学皇家学院研究生，专攻英国心理派小说。

萧乾在剑桥期间，何伦（关于他，萧乾写道："是位连鲁迅这个名字也没听说过的《诗经》专家。"）一直对他友好。萧乾写道，他常去何伦家吃茶，还同他度过一个圣诞夜。何伦一边切着20磅重的火鸡，一边谈着《诗经》里"之"字的用法。饭后，他那位曾经是柏林歌剧院名歌手的夫人，亲自边弹钢琴边唱歌。在她的指引下，他迷上了西洋古典音乐。

何伦所说的玛萨里克之死，指的是1948年"捷克二月革命"之后不久，3月10日，任外交部长的扬·玛萨里克从办公室窗口坠楼而死的事。他的父亲多玛士·玛萨里克（1850—1937）是以第一次世界大战为契机而爆发的捷克独立运动的领导者，被选为1918年成立的捷克斯洛伐克共和国的第一任总统，可谓"建国之父"。"二月革命"时与贝奈斯总统一道进行调停的扬·玛萨里克随后猝然而死，于是疑窦丛生，引起种种臆测，也有被共产党谋杀之说。

匈牙利的红衣大主教敏岑蒂事件是指1949年1月敏岑蒂以叛逆罪被逮捕一事。当时西方认为这是社会主义政权对宗教的镇压。

何伦之所以举出玛萨里克和敏岑蒂的事件为例，恰恰说明这是当时西方的非社会主义乃至反社会主义知识分子的一般见解。以这样的见解忠告萧乾的，不仅只是何伦。萧乾接下去写道："西方只有一个何伦，东方的何伦却不止一位。"有人劝他读杜勒斯的弟弟所写的《斯大林传》，尤其是有关1935年肃反的那一章。也有的毛遂自荐为萧乾当起参谋。

他们说，社会主义中国进去容易，出来就难了。即使延安有老朋友，一旦你挨斗，越是老朋友就越得发言；别看香港这些大党员眼下跟你称兄道弟，等人家当了大官儿，你成了下属，那就是另一码事了。受了委屈，也不会容许你像在柏林国会纵火案中申辩自己无罪的季米特洛夫那样，尽情地为自己辩护。碰上了德雷福斯那样的案子，也不会出来个左拉替你辩护。"参谋"们又出主意道：上策是接下剑桥的聘书，将来尽可以作为客人回去。做共产党的客人比当干部舒服。中策是当半个客人——要求暂时留在香港工作，那样既可以保持目前的生活方式，又可以受到一定的礼遇，同时静观一下再做道理。"反正凭你这个燕京毕业，在外国又呆过七年的，不把你打成间谍特务，也得骂你一顿'洋奴'！"

二

从后文看得出，这些忠告从某些方面可谓说中了萧乾尔后在中国所体验的事实。也许说得更确切些，正因为有了这样的体验，他才从记忆中选用特别生动的词句写了下来。然而萧乾并非为了衬托尔后的体验，而把过去随意重编了一番。关于玛萨里克之死，几乎在事件刚发生后，他就在《观察》杂志上发表了《拟 J. 玛萨里克遗书》一文。从而可以看出，不待何伦和"参谋"们的提醒，他对这一事件就曾深切关注。而且它不仅引起了新闻记者萧乾的关注，从后文也可以看出，这又是与他的内心活动密切相关的问题。

说来，比之那些主要是在国内来审视马克思列宁主义或国际共产主义的形象的人们，在以英国为中心，旅居欧美达七年之久的萧乾的心目中，它的形象更要复杂一些。

萧乾在《选集》的代序《一个乐观主义者的独白》①中写道，在30年代中叶，他也和其他中国知识分子一样，"朦胧间，对苏联有过像对天堂般的憧憬。当英美商人在其政府的默许下，往侵略我国的日本运送汽油和炮弹时，苏联飞行员在帮助我们抗战。那时，苏联成为正义和许多美好理想的化身。"

但是1939年秋，他抵达伦敦时，西欧与北欧正处于反苏高潮。《德苏互不侵犯条约》(1939年8月)、第二次世界大战爆发(1939年9月)、德苏瓜分占领波兰(1939年9月)，这一系列历史事件使西欧和北欧的文化界、思想界受到了冲击。

> 许多曾经访问过苏联并参加过西班牙内战的左翼人士，也在报刊上大量写起反苏文章，其中描述得最多又最具体的，是三十年代中期的肃反扩大化。那时，天堂的形象在我心目中蒙上了一层阴影。(《独白》)

也就是说，不待何伦于1949年提醒萧乾，早在30年代斯大林发动肃反事件之际，萧乾就有所耳闻。我之所以说在中国知识分子当中，萧乾的思想的形成和心路历程有些独特之处，乃是因为我注意到，三四十年代西方知识分子所体

---

① 见《萧乾选集》第1卷，四川人民出版社1983年版。

验的思想震动，其间固然有程度之差，但是萧乾作为同时代的人，在现地也同样经历了。

在《独白》中，关于当时西欧的思想状况的某一侧面，萧乾做了如下描述：

> 当时另一件使我困惑不解的事是英共对战争的冷漠——或者说，消极反对。整个三十年代，全世界进步人类都在义愤填膺地反对轴心国家。我也曾同一些伙伴在上海弄堂里大声唱过《保卫马德里之歌》。希特勒在吞并捷克之后，又贪婪地把血口张向波兰。1939年，战争——姗姗来迟的反纳粹战争，终于爆发了，而曾经站在反纳粹运动最前哨的英国共产党却袖手旁观，甚至参加到清教徒的反战行列。我苦闷，我不解。同我十分要好的一位英共产党员比我更要苦闷，因为他被捆得连大气也不敢出。一提到战争，他就痛苦地摇头，想法回避。我心里不住地在问全世界都在爱俄罗斯，为什么就不允许旁人也爱自己的祖国呢？（《独白》）

第一次大战时的"保卫祖国"的口号，被当作第二国际的"背叛"的标志；根据第二国际的传统思想方法，共产主义者对待帝国主义战争的正确态度应该是"将帝国主义战争变为内战"。西欧共产主义者被夹在这种传统思想方法与第二次大战是以纳粹为敌而开始的这一事实之间，再加上苏联与纳粹德国共同占领波兰这一事实，使他们莫衷一是。萧乾在文中把他们的"困惑"描述出来了。相形之下，正如上

1944 年，萧乾在伦敦近郊澳大利亚著名男高音伊芙·沃茨的别墅度假

文的结尾处所表述的那样，萧乾却抱着比较明确的批判态度，因为他是中国人，也就是说，他的祖国不是帝国主义国家，而是正在受日本侵略的中国。因而从一开始他就处于无须认为在拥护祖国与反帝、反法西斯主义之间存在矛盾的立场上。

1941年6月，纳粹德国突然进攻苏联，西欧共产主义者的上述困惑便"解决"了。萧乾写道："我那位英共朋友立时精神抖擞，因为战争的性质已在一夜之间由帝国主义战争变为反法西斯战争了。"就英国而言，也发生了变化：6月22日，丘吉尔在无线电广播中称苏联为同盟国，并提出要援助苏联。

在德苏战争中德军占优势的情况下，西方内部的左翼致力于要求开辟"第二战场"的运动。萧乾写道："有良知的人们都感到世界的曙光毕竟在东方，那里才寄托着亿万人民的希望。"（同前）为了避免发生误解，这里添个蛇足：此处所说的"东方"，指的当然不是亚洲，而是苏联。萧乾作为一个外国人，也参加了英国共产党促进开辟第二战场而组织的"国民大会"。他和聚集在那里的民众一道唱《国际歌》，"感动得也流了泪"。次日，他受到英国便衣警察委婉的盘讯，那是一次警告。

由于局势发生了变化，西欧共产主义者的困惑一度消除，但存在于国际政治中的根深蒂固的复杂性，其间苏联外交政策中的矛盾并未消除，所以困惑接踵而来。

但是在战争末期，尤其在混乱的意大利政局中，我吃

惊地看到苏联的外交重民族实利远多于革命原则。（当时我还不晓得在雅尔塔的那些令人心寒的交易！）（《独白》）

意大利政局究竟具体地有何所指，虽不得而知，但这里所指的那种倾向，却不限于在意大利。直到好久以后，这种认识才在世界各国的共产主义者乃至左派当中普及开来，然而萧乾处于国际报道的第一线上，接触西方报道的机会很多，因此可以认为上述词句不是后来编出来的。

通过《拟 J. 玛萨里克遗书》一文，我们可以看出经过这种体验的萧乾当时的思想、精神状态。他并没有接受西方所说的玛萨里克系被共产党谋杀之说，也不曾简单地认为他是独裁阴谋的牺牲者。然而又不同于当时左翼持有的看法：这只不过是跟不上历史发展的资产阶级或小资产阶级政治家的死亡。他却将某种感情倾注于玛萨里克。借遗书的形式写文章一事本身，就表示了一种感情的倾注。文中通篇浓厚地显示出这一性质。

以"永别了，亲爱的手足"开头的这封"遗书"，首先否定了估计会加于自己的死的"神经失常"这一结论，并告诫人们："不可相信鲁斯①先生的话，怀疑是共产党把我从窗口推下去的。他们能蠢到那个地步，自己拆联合政府的台，供给各地黩武政客以口实？"随后，玛萨里克这样表述心迹：

---

① 亨利·鲁斯（1898—1967），美国杂志发行人，创建了《时代》《幸福》和《生活》杂志。

一个人不适于离开本土过久。随着贝总统流亡在伦敦的那些年，我虽然自信代表的是捷克人民的利益，与那七八年的捷克，我终于还是脱了节。我不知道那期间的仇恨是怎样滋长的，一直到了不共戴天的田地。那时，做着民主国家永远联盟下去的好梦的，何止我自己？多少贤达不曾往还欧洲首都奔走吗？谁不珍惜人民的血？谁不认为苦战了十年的世界需要一点休息？谁愿意把世界分为两个，让弗朗哥之流还尸复活？司徒森、戴威思和斯大林不是始终表示世界可以兼容并蓄吗？而从美国施行新政以后，人类生活的社会主义化是已成为定局的了，资本主义早就挂了白旗。及至我由旧金山开会回来，便逢到英国保守党的空前惨败，我为欧洲的进步、光明是抱了怎样的热望啊！和多少人一样，我是痴想着欧洲可以来一场不流血的革命。

　　……等到原子弹及跟在后面的原子外交出现，两极化的大势便已完成。两年前的盟友，今日是敌人了；两年前神圣的"是"，今日是不可恕的"非"了。英国的贝文不必死，因为他从开始便看清了这个厄运，而且已"适应"了。铁托及摩尔那也不必死，因为他们始终稳站在河的一岸。我却是个梦想者。我父亲多玛士的梦想完成了，因为那时世界是错综复杂的，而不是单纯两极化的。……我不够聪明，但还知自量。和平需要桥梁，厮杀当儿是用不到那个的。今日是不许想，不许犹豫，是脱下外衣投入战团的时候了——无论投入哪边，

84

生活都比我的有意义。我的死，是由于一个政治哲学的碰壁，一个和平理想的破碎，是和衷共济走不通的承认啊！

　　……现在整个民族是在拭目抉择中。对于左右我愿同时尽一句逆耳忠言。纵使发泄了一时的私怨，恐怖性的谣言攻势，即便成功了，还是得不偿失的，因为那顶多造成的是狰狞可怕，作用是令人存了戒心。为了不替说谎者实证，为了对自己忠实，为了争一点人的骨气，被攻击的人也不会抹头就跑的。你们代表的不是科学精神吗？你们不是站在正义那面吗？还有比那个更有力更服人的武器吗？今日在做"左翼人"或"右翼人"之外，有些"做人"的原则，从长远说，还值得保持。

　　……它（窗外方场的钟）看见过奥匈殖民地的捷克，它看见过慕尼黑前后的捷克，经过八年的沦陷，它也看见了新的捷克，也看见了一个捷克人的死。然而它始终是叮咚咚咚、咚叮叮叮地敲着。愿祖国捷克和时间一样永恒。祝福捷克人民。

　　我引用得长了一些，但依我看来，此文揭示的正是萧乾当时的心境；为了正确地传达文章那略带感伤的情调，就难以删节。

　　这封"遗书"究竟替玛萨里克说出了几分他本人的思想，是无关宏旨的。我们必须注意到的是，萧乾在1948年4月这一时刻，塑造了一位曾经相信社会主义的必然性、"幻想"欧洲的不流血革命这么个人物。此人而今承认自己的"政治哲学"和"和平理想"受了挫折，可是依然对左右两派进"逆耳忠言"，向他们宣传"做人"的原则。他所塑造的这个人物正是他本人的化身。换言之，他将自己的思想寓于这个人物的"遗书"中。关于此文，萧乾本人写道："那是我在苦闷的1948年（家庭悲剧发生之后不久），为自己所做的一次公开表白，也是我对当时心境的一幅自我写照。"（《独白》）并将它收入《选集》中由一系列序跋、回忆录组成的"自剖"编里。

三

对萧乾来说，何伦教授的忠告毕竟有一种迫切的现实性。但是他明知如此，却依然选择了奔赴参与新中国建设的道路。《往事三瞥》中的第三个故事讲的是他不顾上述何伦教授等人的忠告，毅然做了回国的抉择。第一、二个故事则是两段往事的回忆，将它们汇编起来，阐明他所做的"抉择"的根据。

第一个故事发生于少年时代。当时的北京，尤其在冬季，"倒卧"的尸体屡见不鲜。有一天，作者目睹了一具不同寻常的尸体。那是个白俄的尸体。离作者的住处不远，北京东北角东直门附近有座东正教教堂，那里聚集着许多落魄成几近于乞丐的白俄。看到尸首的两三天前，作者一大早就在向贫民施舍稀粥的"粥厂"前排队，他看到一个白俄想混到队伍里，却被其他贫民赶走了。贫民们的理由是：连中国人还不够打的呢。这具尸体就是他的下场。"他边走边用袖子擦着鼻涕眼泪，时而朝我们望望，眼神里有妒嫉，有怨忿，说不定也有悔恨——"

第二个故事发生于1939年9月，距第一个已将近二十年，作者在乘船赴英途中。登船的那天，德国已开始进攻波兰，次日英法两国对德宣战。作者是在这种状况下旅行的。在九龙搭乘的船，到了西贡便被法国海军征用，遂换乘另一艘法国船。不少乘客听到开战的消息便退了船票。包括萧乾在内，三等舱乘客只有三名。为了省事起见，让他们也到头等舱的餐厅用饭。乘客们竖起耳朵倾听着扩音器中播出的有关战争的消息。对未来愈益感到不安，丝毫也没有欧洲航线的头等餐厅的欢快气氛。其间，三个三等船客中之一——一位亚麻色头发、满脸雀斑的小伙子，高高兴兴地跳跳蹦蹦。作者问他这是怎么回事，他说：我巴不得打起仗来。自从希特勒开进捷克就盼起，可给我盼到了。作者听到这句意想不到的话，就责问似的说：你为什么喜欢打仗？小伙子说：我母亲是白俄舞女。父亲不知道是什么人，也许是美国水兵，也许是挪威商人。反正我生来就是无国籍的。现在我要变成一个有国籍的人了。平时做不到，可是一开战，法国因为缺男人，大概就得召雇佣兵。船一到马赛，我就去报名。

作者一面望着印度洋上的万顷波涛，一面摹想着他——一个无国籍的青年，戴着钢盔，蹲在潮湿的马奇诺战壕里，守候着。要是征求敢死队，他准头一个去报名，争取立个功。

"然而踏在他脚下的并不是他的国土，法兰西不是他的祖国。他是个没有祖国的人——"

这段插话只有两页多的篇幅，然而为了逃避俄罗斯革命，最终沦落成上海一带接外国嫖客的娼妓所生的这个青年及其悲哀，给读者留下鲜明的印象。

现在再回到第三个故事。何伦教授执着地怂恿萧乾赴剑桥后告辞的当天晚上，他服了三次安眠药也不管事。上半夜，那一句句的"忠告"像蛇一样在他心里乱钻。后半夜他只要一阖眼，从破席头下面伸出的"倒卧"的白俄那两只脚，就逼真地浮现在他的脑际。"摇篮里似乎也在做着噩梦。他无缘无故地忽然抽噎起来，从他那委屈的哭声里，我仿佛听到'我要国籍'。"次晨，萧乾给何伦教授留下一封短札，为让他白跑三趟而表示歉意，但自己仍不改初衷。然后就到《中国文摘》编辑部去了。他遂于8月搭乘地下党所准备的"华安轮"奔赴开国前夕的北京。

他写道："三十个寒暑过去了，这的确是不平静也是不平凡的三十年。在最绝望的时刻，我从没后悔过自己在生命那个大十字路口上所迈的方向。"

四

"不平静也是不平凡的三十年。"这里，作者写得何等淡然。也许说得更确切些，到1979年5月为止，他只袒露到这个程度。然而，随着时光的流逝和"开放"的进展，萧乾本人也越来越清楚、具体地去谈自己的体验了。根据这些来追踪他的足迹，便明白"三十个寒暑"一词的分量有多么凝重。

回国后，萧乾担任《人民中国》英文版的副主编。

镇反、土改和三反，我都满怀激情参加了，意识到是在为这个东亚病夫挤脓、剜疮、清除积垢。一九五六年参加一次马列主义学习，感到同革命的关系又深了一层。

50 年代初发表的描写土地改革的长篇报告文学《土地回老家》就是在这种情况下写的。此书立即被译成 11 种文字。然而它大概一开始就是写给外国人看的。萧乾在 1979 年执笔的一篇文章中说，建国后头几年写的主要是供外国人看的文章，把供外国人看的重新搬回国内，总归不会顺眼。

> 然而当它（《土地回老家》）在上海《大公报》上连载时，首先我就看不下去。味道也许有点像让一个英国人去读《灵格风》。[①]

紧接着前面所引的"感到同革命的关系又深了一层"之句，他写道：

> 但是不出一年，风暴就刮到了自己身边。九龙那些不眠之夜里所担虑过的一些情况，果然发生了。

显然，这指的是"反右派斗争"。他又写道：

> 不幸，中年沦为次等公民，又成为人尽可训的人。[②]

---

① 见《当代》创刊号（1979 年 9 月）所载《未带地图的旅人》，后收入《萧乾散文特写选》作为代序，人民文学出版社 1980 年版。
② 见《一个乐观主义者的独白》。

五七年夏天我坐在大楼里挨斗时，看到善良人竟然也张牙舞爪，诚实人也睁眼撒起谎来，我绝望了。①

　　在这三年之前，萧乾与文洁若结了婚。"她成了我生活中唯一的支柱。"②大概是由于心力交瘁，这一年的9月她生下个死婴。

　　然后，1966年的"文革"开始了。1964年国务院文化部党委已宣布摘掉萧乾的"右派"帽子，但"摘帽右派"萧乾再度受到风暴的袭击。

　　在《独白》中他写道：反右派的时候还算是好的。尽管受了屈辱，但没有拘禁，没有"皮肉之苦"，也未"株连"。我们应该作为对比来读，这么写是为了更加强调"文革"的残酷。

　　1966年8月的一场浩劫，他的原稿、书信、资料等等丧失殆尽，1969年9月被送到湖北咸宁向阳湖畔的"五七干校"。1972年在干校的一场"双抢"（抢收抢种）中，他患了心脏病。1979年2月得到改正。

　　1966年，他曾试图自杀。"在绝望中，我曾向她（文洁若女士——作者注）悄悄建议：咱们一道死了吧！她坚定地说，不，要活下去，要活着看到江青这帮恶魔的

---

① 见《现代人》(1985年第1期) 所载《改正之后——一个知识分子的心境素描》。后收入《负笈剑桥》作为代序，三联书店1987年版。
② 见《中国现代作家选集·萧乾》自序，人民文学出版社1986年版。

1954 年 4 月，萧乾与文洁若新婚（柳琴提供）

灭亡。"①

从这篇文章来看，他似乎由于夫人的话而打消了自杀的念头，然而他在1985年的一篇文章中却是这样写的：

　　那阵子，对不少人来说，死比活着美丽多了，有吸引力多了。我也几乎加入了那个行列。当我看到我的家被砸得稀巴烂，多日辛辛苦苦搜集的欧洲版画被扯个粉碎，当我看到"三门干部"文洁若被戴上高帽，拉到院里大车上挨斗的时候，我对身边这个世界失去了兴趣。
　　六六年八月下旬，我仿佛日夜都在考虑要不要继续留在人间。后来，思想逐渐转入怎么离开它。蹲牛棚时，每次上厕所我都在勘察死的方法和方式，琢磨哪根管子挂得住腰带，要是跳楼，从哪里往下蹦！文洁若被揪到机关大院平板车上挨斗的那天下午，我确实想从五楼跳下去。可我又想：一、丢下三个孩子怎么办？二、万一没死残废了，可怎么好！然而死的念头总缠住我不放。它振振有词地反问我：你就是苟延残喘地活下来，对孩子们又能有什么用？还不就是牵累他们！于是，八月二十三日夜里，我吞服了一瓶安眠药，还灌了半瓶白干。②

但是，他保住了性命。在同一篇文章中，他对隆福医院

①　见《中国现代作家选集·萧乾》自序。
②　见《改正之后》。

表示谢忱。因为他被送去后，该医院并未像当时常见的那样拒绝收纳他；更没有在收下之后却给他来个马马虎虎敷衍了事。该医院认真地替他洗了胃。他进一步写道：

> 我并且想在此说说自己的一个看法：就"文革"而言，自杀与他杀是没有本质上的区别的。当红色恐怖逼得人没法活也不想活下去的时候，死亡就成了唯一的解脱。①

五

在《往事三瞥》中，萧乾说他并没后悔过自己当时所做的选择，单是极扼要地抓住，"在最绝望的时刻"一语的核心，就蕴含着如此多的内容。

倘若根据这个而把《往事三瞥》的结尾看作是说漂亮话，那是读者的自由，也可以代表一种看法。其实，自从《人民日报》上刊载了此文，在读者中就引起了如上所述的反响，萧乾本人也做过几次说明。此事说明了文章与他的内心之间可以说是有一种差距的。我在前面也说过，到1979年5月为止，他只袒露到这个程度。萧乾本人也说："这六年是我主观的解冻过程。"② 在其他场合，他引用以前所写的文章为例，承认自己的"灵魂深处"犹有余悸 ③。

《往事三瞥》写于1979年5月，此年初夏，作家协会通

---

① ② 见《改正之后》。
③ 见《负笈剑桥·漫谈种种二、解冻》。

知他，要他准备9月访美。1950年9月，他接到过通知，要他参加由刘宁一率领的访英代表团，周总理还曾予以接见。但就在出发之前夜，他又接到"不要去了"的电话，成命被收回①，代表团却照样走了。这次是相隔约三十年的出国，直到出发为止，以及在美国如何"步步设防"，在那篇文章中写得很详细。

《往事三瞥》的写作日期与上文中的"初夏"，究竟哪个在前，哪个在后，虽不得而知，倘若美国之行的通知在先，恐怕难以设想它不曾影响到《往事三瞥》的写作。人的心并不是那么坚强的。即使访美的通知在后，当时他的心扉也同样地还没有敞开到能够完全自由地吐露心迹的程度。然而，据此就认为他在《往事三瞥》一文中所诉说的是假话，把它作为政治发言而予以抹煞，乃是对文学家的表现这一行为的过于卑俗的见解。在相反的意义上，这倒是一种"政治性"见解，其结果是反而与作家内心真实疏远了。

在这里，首先应该领会的是，对于包括知识分子在内的中国人民来说，国家乃至民族这个问题具有何等重大意义。《往事三瞥》中，第二个故事的开头部分，提到作者在九龙搭乘"阿拉米斯"号。该船在西贡被法国政府征用，只得换乘另一艘船。此事在前文中已提及。当时不仅是萧乾等三等舱的乘客，只要是中国乘客，就不分等级一概受到歧视与屈辱。萧乾在《坐船犯罪记》中对此做了描述。在《未带地图

---

① 见《改正之后》。

的旅人》中，萧乾提及此作，说应让新的一代了解过去黑暗年代里的各个方面，同时看一看殖民主义是怎么回事，也看看当时作为一个中国人的厄运。国家地位好比是空气和阳光，平素间我们毫无察觉地享受其恩惠。只有当它们短缺时才会察觉其意义。只有在殖民地、半殖民地以至异国生活过来的人，才能够理解做今天的中国人与往昔有多么不同。

据说萧乾曾谆谆告诫他那在美国留学的儿子，拿到硕士学位后一定要回国。儿子究竟听不听他的话，是儿子自己的事，但就萧乾本人而言，是在儿子选择什么道路这一问题上，重复了1949年他自己所做的抉择。

有些人也许会从中看到老一辈的因循守旧。尽管他尝尽了苦头，他依然对故土倾注了深情。萧乾的上述这番话，可能会成为老一辈对年轻一代的"说教"。之所以不会如此，乃是因为他痛切地不愿当"白华"；换言之，由于他过去在外国生活时，不断地尝到"作为一个中国人的厄运"。这与他幼时在北京的东北角度过的穷苦生活一样，说得上是他的切身体验。我认为，与其简单地否定作者对国家的感情，不如像前文中所述的那样，应该注意到经历过半殖民地时代的中国知识分子的感情的一面；还应该看到，在那个时代，中国知识分子曾相应地对新生的祖国拥有表里一致的自豪感，并对那个时代所具有的可能性怀着深厚感情。

关于社会主义本身，他在《改正之后》中也写道：这些年来，最常出现在脑际的一个念头是，倘若自50年代起就一直这样做下去，即是说，从实际出发，而不是靠一个人的心血来潮，那么，今天国家和世界该是什么样子。"错误路线误的不仅仅是我们自己，还拖了世界的后腿。"50年代初期，当他从事对外宣传工作时，从世界各国每天都寄信来。各种肤色的读者的来函，是怎样充满了对中国革命的向往啊！然而70年代，当他回到翻译外语文献的岗位上时，他发现："60年代当大批第三世界摆脱了殖民主义枷锁。成为独立国家时，一些本来会向左转的国家，朝右边走去了。"1983年以还，他访问东南亚一个角落。那里，不少人仍把"革命"同"文革"画着等号，只要带点红色的，统统视为洪水猛兽。当前举世所注视着的中国式社会主义是为世界人民所称赞，所羡慕呢，还是把他们吓跑？这是涉及第三世界的走向、人类走向的问题。①

中国知识分子对今天的国家或社会主义所怀抱的感情，再也不是建国初期那样单纯的了，而是多少带有矛盾心理，或怀着蕴含更多矛盾的复杂感情，这也是很自然的现象。但是不应该简单地只把这种矛盾着的一个侧面当作真心话，而把另一侧面当作场面话而予以忽视。必须接受这种复杂性本身，否则是无法接近他们的心灵的。也无法理解：在这种矛盾心理中忍辱负重的他们，有多么强韧，以及从某种意义上来说，又有多么刚烈。我认为，如果不理解他们，就会抹煞了中国现代文学性质中的重要的一面。

前文所阐述的可以说是萧乾在一种大状况下所做的选择。除了大状况外，人还有无数小状况，小至个人的日常生

---

① 见《负笈剑桥》，第6—12页。

活。把在小状况下的一次次选择累积起来，就会具有从某方面来决定大状况的选择的力量。最低限度也需用小状况下的选择来充分铺垫大状况；倘若单是论述大状况，而忽视小状况，作为文学，就会变得粗糙。这一点，我自然晓得。但是另一方面，在大状况下所做的选择，有时可以使作家的气质和性格特征越发鲜明地彰显出来。而在小状况的选择方面，这种气质和性格特征很容易悄然地隐蔽到琐事中去。研究中国现代文学，一向是动辄就把作家在大状况下所做的选择密封在"历史的必然"中，而不大谈论个人内心中所做的选择的契机及其情况。如果能够更深更广地予以阐明，将有助于弄清小状况所具有的意义。把这些累积起来后，中国现代文学史恐怕才会明确地呈现出立体的构造；而不再是中国革命史的文学版，或者反过来，不再是仅只作为现象的作品和流派的罗列。

笔者认为，萧乾走过的道路，或许可以提供一个重要的例子，以便我们思考这方面的问题。这篇小论仅只探讨了其中一个断面，倘若它在某种意义上能够成为一个研究项目，为考虑上述问题提供线索，则不胜荣幸。

原载《中国现代文学丛刊》1990 年第 3 期

（文洁若译）

建国前夕文化界的一个断面

——《从萧乾看中国知识分子的选择》补遗

丸山升

写在前面

去年（1988——译者注）5 月，我写了《从萧乾看中国知识分子的选择》[①] 一文。在撰写该文的过程中，我向萧乾、文洁若夫妇提出了两三点疑问。排出校样后，收到恳切的答复，同时承蒙示知当年的一些我原先所不曾了解的背景材料。在"附记"中我写道："在本稿的范围内，笔者认为无须更正。关于这一点，容于其他机会再做论述。"

本稿就是尔后我根据这个线索重新做调查而写的。固然也参考了夫妇的信函，但要说明，对事实的认识与评价，必须由我本人负责。

一

1946 年 3 月，萧乾从伦敦动身返回阔别七年的故国。他当然是取海路，并经过苏伊士运河。途中他写了《南德的

[①] 原载《日本中国学会报》第四十集，1988 年 10 月。有中译文，作为附录，收入王嘉良、周建男著《萧乾评传》，国际文化出版公司 1990 年版。——译者注

暮秋》。头年秋天他作为记者踏访了战败后不久的德国，这是把个中情况以日记形式记载而成。半路上，他在马来亚半岛登陆，经胡愈之介绍，在新加坡等地访问约一个月之久，并写了《劫后的马来亚》。他在香港还与知识界举行了座谈会。入夏后方抵上海。

在上海，他在形式上回到了《大公报·文艺》编辑部，实际上是担任国际问题社评工作。当时的《大公报》社评，在胡霖社长、王芸生主笔下面，国内问题由胡、王与李侠文、贺善辉担任，国际问题由李纯青负责日本这一片。起初，章丹枫担任美国方面，萧乾只负责包括英国在内的欧洲方面；后来，章离开报社，执教去了，于是美国也归萧乾负责了。他还以塔塔木林的笔名，撰写了《红毛长谈》，并兼任复旦大学英文系与新闻系教授（至1948年6月为止）。

他在近著《未带地图的旅人——萧乾回忆录》①（以下简称作《回忆录》）中写道：

倘若我仅只写点国际社评，也不至于惹出乱子。②

然而1947年5月，为了配合五四文艺节，社评委员会

---

① 《未带地图的旅人——萧乾回忆录》，香港香江出版公司1988年版，第268页。中国文联出版公司1991年版，第218页。——译者注

② 后面有"回来后在大动乱中偏偏干的又是耍笔杆子这个至为危险的行当"之句。

决定由萧乾写一篇关于文艺的社评,这篇题为《中国文艺往哪里走?》的社评,刊载于 5 月 5 日的《大公报》上。

这篇社评说:"五四对现代中国的贡献也够伟大无比了。……五四是自白杜以来,中国文人第一次以鸣社会之不平为写作的动机。它普及了白话,也奠定下中国新文化的方向:通俗化,大众化,一般化。"接着又说,为了使历史不致停滞于五四阶段,必须做"自我检讨"。关于五四所带来的消极面,社评首先指出,对遗产否定过多。并写道:

> 过去三十年来,中国文坛可说是一连串的论战:有的是派与派之争,如《语丝》与《现代》①。有的是针对着问题,如"艺术为艺术"还是"艺术为人生"。那些论战,看来似是浪费,然而却一面代表当时作家对事的不苟,一面由派别主张之不同,也可以表征中国文坛盛极一时的民主。近来有些批评家对于与自己脾胃不合的作品,不是就文论文来指摘作品缺点,而动辄以"富有毒素"或"反动落伍"的罪名来抨击摧残。在国家患着贫血,国人患着神经衰弱的今日,这现象是不可原谅的。我们希望政治走上民主大道,我们对于文坛也寄以民主的期望。民主的含义尽管不同,但有一个不可缺少的要素,那便是容许与自己意见或作风不同者的存在。

---

① 指《现代评论》。——译者注

......每逢人类走上集团主义，必有头目招募喽啰，因而必起偶像崇拜作用。此在政治，已误了大事；在文坛，这现象尤其不可。真正大政治家，其宣传必仰仗政绩；真正大作家，其作品便是不朽的纪念碑。近来文坛上彼此称公称老，已染上不少腐化风气，而人在中年，便大张寿筵，尤令人感到暮气。萧伯纳去年九十大寿，生日那天犹为原子问题向报馆投函。中国文学革命一共刚二十八年，这现象的确可怕得令人毛骨悚然。纪念五四，我们应革除文坛上的元首主义，减少文坛上的社交应酬。……①

关于这一点，各年谱都记载说，这篇"社评中对于上海进步文艺界大举祝寿，称'公'称'老'之风有所批评"。尤其是年谱 A^1 和 $A^2$②，接着写道："遂开罪某方'神圣'"。

---

① 引自《中国文艺往哪里走?》，见北京大学、北京师范大学、北京师范学院中文系中国现代文学教研室主编《文学运动史料选》第五册（上海教育出版社 1979 年版）。

② A^1：梅子、彦火《萧乾年表简编》，见彦火所著《当代中国作家风貌》（香港昭明出版社 1980 年版）。末尾注明"一九八〇年一月三日—五日，梅子初稿，一九八八年一月二十日彦火增订"。至 1979 年为止，加了三十条标明出处的注文。A^2：同上。见《中国现代作家选集·萧乾》（香港三联书店 1983 年版）。将 A^1 增补至 1981 年。注文与 A^1 相同。

（译者按：萧乾的年谱有六个，由笔者分作 A^1、A^2、A^3、B^1、B^2、B^3。A^3 见《萧乾选集》第四卷，四川人民出版社 1984 年版。与 A^2 相同，然而删掉了注文。）

难道即使在"文革"之后,香港在这方面竟然还是要比大陆内部更自由一些吗?所谓"老"、"公",想必指的就是郭沫若和茅盾。笔者略做了调查,尚未找到他们大办寿宴的资料。只是 1941 年 11 月 16 日,曾在重庆召开郭沫若虚岁五十诞辰与创作生活二十五周年庆祝会,出席者有周恩来、董必武以及茅盾、老舍、夏衍等六七十人。① 至于茅盾,1945 年 7 月 9 日,陕甘宁边区文协和文抗延安分会,也为了庆祝他虚岁五十诞辰,拍了贺电。②

关于此,萧乾写道:

倘若我事先晓得某大权威已于鲁迅逝世后,成为文艺界最高领导,我是无论如何也不会去闯这个祸的。因为当时人们对他就称作"×老"的。

为什么我会对祝寿如此反感呢?这里有一段背景似应提一下。1946 年我回沪后,一位戏剧界名人曾通过我,向《大公报》洽编了一份《戏剧周刊》,占一整版。这个周刊是我向老板推荐的,我对它道义上负有一定责任。周刊为另一位更大的戏剧权威出了期"祝寿专号"。原定每期排新五号字,也许由于祝寿词来得不够踊跃,那一期全排了四号字。老板因而严词质问我这个推荐者,以致我因此对祝寿活动起了反感。如果我那时略识

---

① 参见龚济民、方仁念编:《郭沫若年谱》上卷,天津人民出版社 1982年版。

② 参见查国华编:《茅盾年谱》,长江文艺出版社 1985 年版。

时务，无论怎样也不应去说三道四。①

附带说一下，估计"一位戏剧界名人"指的是洪深，"一位更大的戏剧权威"则指的是田汉。田汉的诞辰是3月12日。他生于1898年，所以1947年的这一天，他也过虚岁五十寿辰。洪深为此从复旦大学给各方面打电话，请大家拍贺电。但因大多数人不怎么起劲，洪深便发脾气说："你还打算吃戏剧这碗饭吗？"靳以和萧乾刚好在场旁听到，大为反感。据说靳以还告诉萧乾"郭老""茅公"这个称呼的事。顺便说一句，当时郭沫若赠给田汉的诗《田寿昌五十初度》的手迹，被保存至今。②

二

此文所造成的"乱子"，指的是郭沫若的反驳——或者毋宁说是针对更深刻的问题的谴责与痛骂，那就是郭沫若的《斥反动文艺》③。

---

① 参见《未带地图的旅人——萧乾回忆录》，香港香江出版公司1988年版，第268页；第218—219页（文联版）。
② 郭沫若：《田寿昌五十初度》，郭庶英、郭平英、张澄寰编：《郭沫若遗墨》，河北美术出版社1985年版。
③ 郭沫若：《斥反动文艺》，原载《大众文艺丛刊》第一辑《文艺的新方向》(1948年3月)，收入《文学运动史料选》第五册及《沫若文集》第十三卷（人民文学出版社1961年版）。目前刊行中的《郭沫若全集·文学编》，已出至十卷，尚未收录。

今天是人民的革命势力与反人民的反革命势力作短兵相接的时候，衡定是非善恶的标准非常鲜明。凡是有利于人民解放的革命战争的，便是善，便是正动；反之，便是恶，便是非，便是对革命的反动。

郭沫若是摆出挥刀下劈的架式这样开头的。接着写道，今天的反动势力——国家垄断资本主义，是集封建与买办之大成……在反动文艺这个大网篮里，真个是五花八门，红黄蓝白黑。色色俱全，并一个个地举了例子。

被举作红——这里所举的是粉红，也就是桃红色——的例子是沈从文的《摘星录》与《看云录》。

尽管他们有着怎样的借口……

但他们存心不良，意在蛊惑读者，软化人们的斗争情绪，是毫无疑问的。特别是沈从文，他一直是有意识的作为反动派而活动着。

关于沈从文，后文中将略微提及，但要是正式谈论的话，就只能借其他机会了。言归正传。黄色指一般所谓的黄色文艺，蓝色是蓝衣社的蓝，指的是直接与国民党有联系者，并把朱光潜举作代表。在光学上，白色是诸色的混成，因此文艺上的无色派中包括桃红色的沈从文、蓝色的朱光潜、黑色的萧乾等。关于黑色，他写道：

什么是黑？人们在这一色下最好请想到鸦片，而我想举以为代表的，便是《大公报》的萧乾。……自命所代表的"贵族的芝兰"，其实何尝是芝兰又何尝是贵族！舶来商品中的阿芙蓉，帝国主义者的康伯度而已！摩登得很，真真正正月亮都只有外国的圆。高贵得很，四万万五千万子民都被看成"夜哭的娃娃"。这位"贵族"钻在集御用之大成的《大公报》这个大反动堡垒里尽量发散其为幽缈、微妙的毒素，而与各色的御用文人如桃红小生、蓝衣监察、黄帮兄弟、白面喽啰互通声息，从枪眼中发出各色各样的乌烟瘴气，一部分人是受他麻醉着了。就和《大公报》一样，《大公报》的萧乾也起了这种麻醉读者的作用。对于这种黑色反动文艺，我今天不仅想大声疾呼，而且想代之以怒吼：

御用，御用，第三个还是御用，今天你的元勋就是政学系的大公！

鸦片，鸦片，第三个还是鸦片，今天你的贡烟就是《大公报》的萧乾！

今天……反人民的势力既动员了一切的御用文艺来全面"戡乱"，人民的势力当然也有权利来斥责一切的御用文艺为反动。但我们也并不想不分轻重，不论主从，而给以全面的打击。我们今天主要的对象是蓝色的，黑色的，桃红色的这一批"作家"。他们的文艺政策（伪装白色，利用黄色等包含在内），文艺理论，文艺作品，我们是要毫不容情地举行大反攻的。

萧乾为《大公报》所写的这篇社评发表于 1947 年 5 月，郭沫若此文则发表于 1948 年 3 月。作为反驳，好像时间相隔太久了，然而从郭文中提及"贵族的芝兰"这一点，可知郭执笔时，曾意识到了这篇社评，并明知它出自萧乾之手。社评是这样结尾的：

> 庆祝完文艺佳节，我们一面要求负责或关心中国文化的国人，为祖先为子孙，替窒息而枯涸的文坛开条生路，想法增加作品的销路，保障其著作版权，减少官方登记检查的留难，一面希望全国文艺工作者把方向转到积极上，把笔放到作品上，以知其不可为而为之的精神，写下这一辈中国人民的希望与悲哀，遭际与奋斗，使文坛由一片战场而变为花圃：在那里，平民化的向日葵与贵族化的芝兰可以并肩而立。

用鲁迅的话来说，郭沫若的文章不啻就是"辱骂和恐吓"了。正如萧乾所说，鲁迅逝世后，当时郭沫若被视作左翼文艺的"最高领导"，那么对被点名的沈从文、朱光潜、萧乾来说，郭这番话在心理上给予他们的影响以及社会效果，想必是大的。

在前一篇拙文中，关于《拟 J. 玛萨里克遗书》(以下略作《遗书》) 一文，我写道：

> 从中可以看出……萧乾当时的思想及精神状态。……他所塑造的玛萨里克这个人物正是他本人的化身。

据萧乾夫妇（我说夫妇，因为信是文洁若夫人用流畅的日文所写的）说，《遗书》是以答复郭沫若的谴责为目的而写。

这一点与我在前一篇拙文中所述恐怕并不矛盾。不过，当我们探讨中国现代思想、理论问题时，会发觉它往往并不单纯是思想、理论问题，而与具体的、浓郁的个人之间的问题相重叠，而且当事人有时强烈地意识到后者；于是我们会感到困惑，不知该把焦点放在哪儿才好。这一次我也确实尝到了这个滋味。

《回忆录》里有前一篇拙文中未引用的这么一句话：

> 给《大公报》写的社论，责任都写到个人帐上，不能说是公正的，因为社论要先开会讨论，随后总编辑下指示，交稿后也并非就原封不动地发表出来。记得一位同事写过一篇全面支持学运的社评，登出时却面目皆非了。①

《遗书》中，在对未署自己名字的文章不能负责这一句前面，他还写道，流亡前后，及在伦敦期间的讲演、书信均已发表，为公事投票的记录也仍在，请凭那些来裁判我。根据这些事实和文章来读，就能明白，他指的是自己在欧洲期间所写的东西已全部公之于众，请按照这一切来裁判他。

得悉这些来龙去脉之后，再来看下面这一段（它在接近

---

① 参见《未带地图的旅人——萧乾回忆录》，香港香江出版公司1988年版，第268页；第218页（文联版）。

结尾处，前一篇拙文中也引用过），作为对郭沫若上述谴责的抗议，写得格外逼真，扣人心弦。

　　现在整个民族是在拭目抉择中。对于左右我愿同时尽一句逆耳忠言。纵使发泄了一时的私怨，恐怖性的谣言攻势，即便成功了，还是得不偿失的，因为那顶多造成的是狰狞可怕，作用是令人存了戒心。为了不替说谎者实证，为了对自己忠实，为了争一点人的骨气，被攻击的人也不会抹头就跑的。你们代表的不是科学精神吗？你们不是站在正义那面吗？还有比那个更有力更服人的武器吗？今日在做"左翼人"或"右翼人"之外，有些"做人"的原则，从长远说，还值得保持。

《遗书》发表在1948年4月16日的《观察》上。如前文所述，郭沫若的《斥反动文艺》刊载于3月1日发行的《大众文艺丛刊》第一辑，考虑到原稿的整理、印刷的天数，萧乾是读毕郭文后，不出一个月就写成此文的。

三

尽管萧乾在《遗书》中进行了反驳，这个问题在中华人民共和国建国后也产生了巨大影响。

　　这个乱子为我造成的恶果，是我始料不及的。尽管我比沈从文幸运，一九四九年七月总算参加了第一届全国作家代表大会，然而除了一九五六年间短短几个月，我基本上被排斥在文艺队伍之外。①

1956年云云，指的是建国后被安排在《人民中国》英文版以及《译文》杂志编辑部，仅仅从事撰写对外报道和外国文学、文献翻译的他，此刻受到"作家"的待遇，并担任了《文艺报》副总编辑等职。前一篇拙文就已提到，在这之后不久展开的"反右派斗争"中，他被划为"右派"的事。

他说自己比沈从文幸运，指的是尽管沈从文也未曾于建国前夕移居台湾或美国，而做了留在北平的抉择，然而在这前后，北京大学的"进步学生"对他进行了攻击。他们在校舍里挂起"打倒新月派、现代评论派、第三路线的代表沈从文！"的巨幅标语；连建国前夕的第一届文艺工作者代表大会他也未受邀请。他惴惴不安，生怕对自己的不信任与批判将逐步升级，遂患上了严重的神经衰弱症，一度试图自杀。自杀未遂后，他参加了设在北京西郊的中央革命大学研究班（那是让知识分子接受再教育的机构），从事了十个月的"学习"，并发表了进行自我检查的《我的学习》。然而到头来，他还是搁笔不再搞创作了，并潜心研究起古代服饰史来。②

这里再简单地看看与萧乾、沈从文一道遭到郭沫若谴责的朱光潜的情形。1925至1933年，他在英、法学习了哲

① 参见《未带地图的旅人——萧乾回忆录》，香港香江出版社1988年版，第269页；第219页（文联版）。

② 关于沈从文的这部分记述，主要根据凌宇所著《沈从文传》（北京十月文艺出版社1988年版）。

学、心理学和美学，一回国就在北京大学任教，以后几乎一贯地作为中国有代表性的美学家进行活动。1937 年 5 月，他创办了《文学杂志》（由于抗日战争爆发，该刊在 8 月间停刊，1947 年 6 月复刊，1948 年停刊。《复刊发刊词》当时也受到左派的批判）。这是他在文学方面开展的活动。抗战期间，他成为四川大学教授，一度有过赴延安的愿望，未果。1938 年末，他到武汉大学（该校已迁移到四川省嘉定乐山）去，1942 年任教务长。这个时期加入国民党，被委任为中央监察委员。郭沫若在《斥反动文艺》一文中所说"蓝衣监察"，即指此事。建国后当然也有波澜曲折，却一直担任北京大学教授。他以研究和介绍克罗齐等欧美唯心主义哲学和美学著称，但据说 1983 年在香港讲演时曾说："我不是共产党员，然而是马克思主义者。"①

三四十年代就已作为学者、知识分子奠定了地位，而且多少与中共有距离，时而还与之对立过的人们当中，建国后最早表态的是朱光潜。他的"自我检讨"发表在 1949 年 11 月 27 日的《人民日报》②上。三个人当中，确实加入过国民党的朱

---

① 关于朱光潜，见李醒尘：《朱光潜传略》，原载《新文学史料》1988 年第 3 期。

② 李辉：《胡风集团冤案始末》，人民日报出版社 1989 年版，第 28 页。以下简称作《冤案始末》，笔者未见到这篇"自我检讨"，然而刊登于《大公报》（1951 年 11 月 29 日）上的文章以《我是怎样克服封建意识和买办思想的——最近的学习与自我批判》为题，收在中国研究所编译的《人的革命——中国知识分子的思想改造》（中国资料社 1952 年版）里。同书还收有沈从文：《从政治与文学的分离到结合——我的学习》（原载于《光明日报》1951 年 11 月 11 日）。

光潜（《朱光潜传略》中说明道，依照国民党的老规矩，凡学校里"长字号"的人物，必须毫无例外地加入国民党），当然不得不做格外严峻的抉择，他表态得早，与此不无关系。

注②中所引《冤案始末》：是作为"纪实文学"发表的，系最近值得注目的研究工作之一。关于这个时期的朱、沈、萧三人，该书是这样写的：

> 三位受批判的"反动文艺"的代表，如今自然面临着新的抉择。
>
> 朱光潜睁开了布满困惑、畏惧的眼睛，仰望着闪烁的阳光。他痛悔过去，反省过去，表示要跟上时代，汇入新的历史长河。
>
> 沈从文则沉默了。在第一次文代会召开时，从事二十年创作并且成就显著的他，却因为属于"反动文艺"而没被邀请，为此，他曾饮过轻生的苦酒。自那之后，文思如泉涌的沈从文在文坛上消失了，在故宫幽深冷清的高墙大院里，在千百年黯淡的历史遗物面前，他将度过后半生，成为一位成就显赫的服装史专家。
>
> 萧乾也在沉默着。不过，他早在一九四八年，离开上海到了香港，还参加了《大公报》的起义，成为第一次文代会的代表。尽管他心上有着沉重的压力，有着自卑和对未来的惶惑，但他仍想努力跟上新时代，用自己的笔歌唱新时代。①

---

① 见《冤案始末》，第29—30页。

建国前夕文化界的一个断面

——《从萧乾看中国知识分子的选择》补遗

〔日本〕丸山昇作　文洁若译

写 在 前 面

去年(1988)五月,我写了《从萧乾看中国知识分子的选择》①一文。在撰写该文的过程中,我向萧乾、文洁若夫妇提出了两三点疑问。排出校样后,收到恳切的答复,同时承蒙示知当年的一些我原先所不曾了解的背景材料。在"附记"中我写道:"在本稿的范围内,笔者认为无须更正。关于这一点,容于其他机会再做论述。"

本稿就是尔后我根据这个线索重新做调查而写的。固然也参考了夫妇的信函,但要说明,对事实的认识与评价,必须由我本人负责。

—

一九四六年三月,萧乾从伦敦动身返回阔别七年的故国。他当然是取海路,并经过苏伊士运河。途中他写了《南德的暮秋》。头年秋天他作为记者踏访了战败后不久的德国,这是把个中情况以日记形式记载而成。半路上,他在马来亚半岛登陆,经胡愈之介绍,在新加坡等地访问约一个月之久,并写了《劫后的马来亚》。他

—214—

在香港还与知识界举行了座谈会。入夏后方抵上海。

在上海,他在形式上回到了《大公报·文艺》编辑部,实际上是担任国际问题社评工作。当时的《大公报》社评,在胡霖社长、王芸生主笔下面,国内问题由胡、王与李侠文、贺善辉担任,国际问题由李纯青负责日本这一片。起初,章丹枫担任美国方面,萧乾只负责包括英国在内的欧洲方面,后来,章离开报社,执教去了,于是美国也归萧乾负责了。他还以塔塔木林的笔名,撰写了《红毛长谈》,并兼任复旦大学英文系与新闻系教授(至1948年6月为止)。

他在近著《未带地图的旅人——萧乾回忆录》②③(以下简称作《回忆录》)中写道:

倘若我仅只写点国际社评,也不

---

① 原载《日本中国学会报》第四十集,一九八八年十月。有李黎的中译文,作为附录,收入王晋良、周宏男著《萧乾评传》,国际文化出版公司一九九〇年版。——译者注。

② 香港香江出版公司一九八八年版第二六八页。中国文联出版公司一九九一年版第二一八页。——译者注。

丸山升所写《建国前夕文化界的一个断面》,文洁若译,刊载于《新文学史料》1993年第1期

再回到萧乾个人的事上。除了郭沫若等人的谴责外，还有一个建国后对他产生了影响的问题。《回忆录》中，在前文所引用的部分后面，他写道：

足足三十年（1949 至 1979），我一直背着《新路》的黑锅，也仅只在一九五六年才解下过几个月。

将《回忆录》与年谱综合起来看，事情是这样的：1948年 1 月末，萧乾在北平参加了社会经济学会。（年谱 A 将这记在 1947 年 11 月一项后面，但年谱 B³ 更详细一些，连月份都明确地予以记载，因而姑且根据年谱①。然而据下文所提到的平野正先生的著作，该会是 1948 年 3 月成立的。）在会上决定，以吴景超为主编出版《新路》杂志，萧乾担任国际政治栏和文艺栏。这之前不久，发生了他当时的夫人谢格温返英一事。她生在上海，父亲是中国人，母亲是英国人。还在襁褓中她就赴英国，作为中产阶级的女儿成长起来。对她来说，被战火洗劫过的上海的生活过于严峻

---

① 年谱 B 共有以下三种。B¹：鲍霁编：《萧乾年表》，见他所编的《萧乾作品欣赏》(广西人民出版社 1986 年版)。到 1983 年 8 月为止。

　　B²：鲍霁编：《萧乾生平年表》，见他所编的《萧乾研究资料》(北京十月文艺出版社 1988 年版)。对 B¹ 做了不少增补。到 1984 年为止。

　　B³：鲍霁编、文洁若增订：《萧乾年表》，见《未带地图的旅人——萧乾回忆录》附录 (香港香江出版公司 1988 年版)，在 B² 的基础上，有八处各补充了一二行，并增补到 1988 年为止。

了，她始终念叨："这不是我的国家！我要回英国！"1947年11月，"一个歹人轻而易举地就破坏了我（萧乾）这个风雨飘摇的家。她回英国去了。"在前一篇拙文中，只介绍了年谱上的简单记述，它所包含的内容是这样的。由于这个打击，萧乾很想离开上海，却又不愿意再出国。就在这当儿，有人向他提出了《新路》的事。"他（指的是劝诱他的姚念庆）认为我最合适不过了。我思忖，不妨走上一年半载再回沪。于是，就同意了。"但是，萧乾刚返回上海，香港的进步文化界就开始批判《新路》。3月间，一方面也是由于接受地下党的学生的劝告，他就拒绝了参加《新路》。

关于中国社会经济学会及其机关杂志《新路》，有平野正先生的研究。[①]据他的文章，当时"一方面蒋介石政府对中国民主同盟加强了压迫，另一方面，民主同盟内部的先进分子放弃了'中间路线'，确立了革命立场"。于是，就让该研究会来"试图对抗中间层知识分子移向革命立场，发生变化，并把其他中间分子组织到国民党方面来"。然而结果"不过是把国民党系统的知识分子和国民党官僚当成了主体而已，未能成功地使它形成知识分子的团体"。可是香港的民主势力之间，却对这个团体的影响会扩大的可能性产生警惕，遂对该

----

① 平野正：《中国民主同盟的研究》，第六章第二节"意识形态斗争的新局面与统一战线运动的前进——与'自由主义者论'开展斗争"。尤其是第342页以下，以及卷末的"资料说明"第434页。据该书，此会的名称是"中国社会经济研究会"。

研究会——"新第三方面"开展批判,揭穿其本质。民主同盟也不遗余力地对"自由主义者论"进行了批判。

为了公正起见,这里再引用一下萧乾在一定程度上参与《新路》的资料。它见于前文中所提到的《沈从文传》。

> 抗战胜利后,原先与沈从文一同在《大公报》编《文艺》副刊的萧乾也回到了北平。全面内战爆发后,萧乾参加了"第三条道路"的活动,并四处奔走,与钱昌照等人积极筹办《新路》杂志。这天,萧乾来到沈从文住处,邀沈从文参加刊物的筹办,并在发起人名单上签名。
>
> 看看眼前的名单,沈从文眉间起了一丝阴云,心里起了一点忧虑,几分怀疑。
>
> "我不参加。"他轻轻地却又断然决然地说。
>
> 萧乾只好作罢,告辞而去。此后在这个问题上发生的分歧与矛盾,终于淡化了两人之间的交往与友谊。[①]

年谱和自传均未隐瞒这个时期萧乾在思想上矛盾重重、心情苦闷的事。他在国内目睹了国民党的腐败,年轻时还曾参加过革命。然而另一方面,正如前一篇拙文中所述,他在国外得悉苏联肃反的事,以及战后匈牙利红衣大主教敏岑蒂事件,因而对革命产生怀疑,"罗盘的指针就摇摆起来"[②]。

---

① 见《沈从文传》,第413页。
② 萧乾:《一个乐观主义者的独白》(代序),《选集》第一卷,第13页。

这之后不久，他参加了《大公报》社的地下党所组织的学习会，又受了自美国回国的旧友杨刚的影响，于是在香港参加了《大公报》的革新（原文作"起义"），还从事香港地下党的对外宣传出版刊物《中国文摘》的编辑、翻译工作。

前一篇拙文中也提到过，据萧乾说，自从于 1929 年结识这位名叫杨刚的女共产党员以来，"在一生几个重要关头，都得到过她的帮助"[①]。萧乾经常谈到她，怀念不已。关于她本人，我除了在前一篇拙文中简单地提了一下，未做调查。我自己迟早想做些调查；尤其希望哪位中国女性史研究家，能不能正式地把这位单从萧乾片断的回忆也可以知道是富于魅力的这位女性的事调查一番。

再回到本题。像这样，萧乾并未参加《新路》，然而"已经去了香港的那位大权威以为抓到了把柄，就在港报上大喊大叫说：这个刊物是美帝国主义和国民党出资办的（其实，没多久《新路》就被国民党查禁了），接受了多少多少金条；并一口咬定是我主编的。那是我第一次领略到不问事实真相、先把人搞臭再说这一策略的厉害。"[②]

在 1955 年的胡风事件后进行的肃反中，清查了萧乾的历史，当时的结论如下：

---

① 萧乾:《编后记》，见《杨刚文集》，人民文学出版社 1984 年版，第593 页。

② 《未带地图的旅人——萧乾回忆录》，香港香江出版社 1988 年版，第269—270 页。

《新路》是一九四八年北平高级民主人士创办的一个刊物，后为国民党所查封。萧乾接受了地下党的劝告，后来并未参加编辑工作。①

然而在反右派斗争中，这个结论又被推翻了。这一次，该杂志成了"四大家族的喉舌"，萧乾成了其"骨干"。

四

问题是如何看待上述事实。"文革"前的评价且不去过问了，只略微看看"文革"后的。关于《斥反动文艺》，前文中曾提及的《冤案始末》写道：

> 郭沫若犀利而尖刻地为朱光潜、沈从文、萧乾画了像，他以诗人的厌恶的情绪，捕捉到几个概括性的字眼：红、黄、蓝、白、黑。②

这位作者还著有《萧乾传》，他用"诗人"的感情一词，一方面避免伤害郭沫若，另一方面似乎试图说明，这不是政治上、理论上的定性，以便保护萧乾等人的名誉。

我读过的几种现代文学史，大多阐述这样一种见解：当

---

① 《未带地图的旅人——萧乾回忆录》，香港香江出版社 1988 年版，第 298 页。
② 见《冤案始末》，第 29 页。

时知识分子之间残存着对"中间路线"的幻想,在那种状况下,这样的批判乃是必要的;并只把郭沫若的《斥反动文艺》作为好例子举出来。其中唯独唐弢、严家炎主编的文学史,一方面沿袭了上述基本观点,另一方面却指出:"批判者未能很好划清思想问题与政治问题的界限,带有'左'的简单化。"并举例道:"进步文艺界在批判资产阶级自由主义文艺思想及创作的时候,存在着把思想问题简单提升为政治问题的现象。如有的文章指某人代表'黑色'文艺,某人代表'蓝色'文艺,某人代表'桃红色'文艺等。"①

该书并未明确地提出郭沫若的名字,也未引用他的话;还从"正确"观点找到批判的根据,不免令人产生抵触。但该书出版于1980年,并考虑到从脱稿到出版还需要一段时间,那么它乃是在更早的时候写的了,堪称为卓见。

然而,今天回顾起来,难道对此事不能考虑得更深入一些吗!为了进一步探讨,就必须更广泛地研究当时的言论。这个问题太大了,何况早已过了原稿截稿日期,不能再给编者添麻烦了。笔者还撰有两篇从另一角度谈论建国前后的思想问题的文章②,虽并非直接谈此问题的,却可供参考。这里,只记下笔者当前所考虑的几个基本要点:

---

① 唐弢、严家炎主编:《中国现代文学史》第三卷,人民文学出版社1980年版,第421—422页。

② 拙文《关于在中国的思想、思想改造的一点感想》,刊载于《季刊中国》,1989年冬季号(总号第19号,1989年12月),以及《中国社会主义与知识分子》(《窗》第2号)。

1.当时的"第三路线",到头来只能具有这样一种性质：要么在美国的主导下保存某种势力，凭着这种势力改良国民党政府，要么至多试图赋予它在政治上进行决定性投票的权利。（即赞成与反对同数时，主席所作的决定性投票。——译者注）

2.西欧型民主主义、多党制等，从现实状况来说，在当时的中国几乎没有实现的可能性。

3.因而我也承认，在此种状况下，也难怪当时的左派会认为有必要对这些主张进行批判了。

然而，正如我根据佐藤慎一先生提出的问题，在另一篇文章 ① 里陈述过的那样，倘若我们接受也许中共的政策并非唯一的选择这个观点；尤其是在某种状况下，即使中共的政策是正确的选择，但必须看到，它也可能成为在另一种状况下导致失败的原因。倘若站在这一角度来重新看待此事，可不可能开拓出另一个视角呢？

比方说，左派对"自由主义者"展开的批判有这样的一面：并非考虑到按照当时中国的现实状况，此路不通，也不是着眼于政策的抉择做出判断；而是当时中国的（从某一方面来说，又是世界性的）马克思主义的"常识"起了作用；根据这一"常识"，就会从忽隐忽现于"自由主义者"的言论中的"自由"等词，立即嗅到"资产阶级思想"的气味，于是站在思想的"本质"这个立场上来抓问题。不能否认，

---

① 拙文《中国学生、知识分子的苦恼与选择》(《文化评论》, 1989 年 8 月号)。

其结果，就不能充分容纳"自由主义者"所渴望的"民主主义"和"自由"的含义了。即使在特定的时期，也不可能有另外的选择，然而反过来，会不会有这一想法被固定化的一面呢？在任何场合下，一切选择都是二者必择其一，没有中间可言。

从同一年发生于东北的对萧军的批判中，好像也看得出同样的问题。

倘若我这样的想法包含着一方面的真理的话，那么也许应当说，以《斥反动文艺》为首的一系列批判所留给萧乾的创伤，不仅是对萧乾而已，而是对以后的中国也留下了创伤。

1989 年 10 月 1 日

原载《新文学史料》1993 年第 1 期

（文洁若译）

《未带地图的旅人——萧乾回忆录》解说

丸山升

　　本书为《未带地图的旅人——萧乾回忆录》(香港香江出版公司 1988 年版) 日译本 [①]。对日本读者来说,作者的名字可能不太熟悉。虽然书中已经谈及,但为便于阅读,还是先介绍一下对萧乾的认识及其魅力。

　　萧乾 (1910—　　) 出生于老北京城东北角靠近东直门的羊管胡同。其父为汉化了的蒙古族人,是看守东直门的。萧乾还在他母亲肚子里的时候,父亲就去世了。从此以后母子俩相依为命,并投靠父亲一方的亲戚,母亲还帮人干活糊口养家 (当时不识字的贫穷女人,只能替人家做点家务)。萧乾年幼时母亲去世,他是靠一位堂姐照顾长大的。先后在毛毯厂、北新书局等处干活,同时念了小学、中学和高中。在北新书局打工时,他接触了中国现代文学与外国文学。念高中时,在 1925 年爆发的五卅运动反帝斗争中加入了共产主义青年团。其间被张作霖政府逮捕,经他堂兄的妻子安娜 (美国人) 出面才被释放。北伐后的 1928 年,萧乾又受到国民党监视而逃至汕头,在当地经历了初次恋爱 (最终失恋)。1929 年回到北京,进入燕京大学国文专修班。

①　日译本名:地图を持たない旅人,分上下两册,丸山升、江上幸子、平石淑子合译,花传社 1992—1993 年版。——译者注

《未带地图的旅人》日文版书影（顾伟良提供）

那时，他与女共产党员杨刚结识，杨刚劝他参加革命运动，萧乾自称为未带地图的旅人，予以拒绝。此为书名来源。

萧乾1930年转入辅仁大学英文系本科，1933年转至燕京大学新闻系。其间协助一位美国青年编办《中国简报》（*China in Brief*），通过这方面的文艺工作结识了作家沈从文。转到燕京大学新闻系之后，他与刚来不久的美国教授埃德加·斯诺邂逅，其间开始小说创作。于此前后，萧乾结识了在人生中无论遇到任何情况都未抛弃他的巴金。

大学毕业后，萧乾到《大公报》工作。抗日战争全面爆发前后，在天津、上海、昆明、香港参与了《大公报》文艺副刊的编辑工作。

1939年，萧乾被聘为伦敦大学东方学院（School of Oriental and African Studies）中文讲师赴英，并兼任《大公报》记者，在英国报道第二次世界大战。1942年辞去讲师，进入剑桥大学王家学院（以上内容为上卷）深造。1943年后，以随军记者身份奔赴欧洲战场，并作为记者团成员先期进入攻克后的柏林。之后又采访了波兹坦会议和联合国成立之际的旧金山会议，以国际记者身份活跃在第一线。

1946年，萧乾回国后任《大公报》记者，兼任复旦大学新闻系教授。1948年10月赴香港参加了支持革命的《大公报》起义。此时，剑桥大学发来邀请，拟聘萧乾为中国文学教授，并委派何伦教授来港劝说。萧乾谢绝之后回到了人民共和国建立前夕的北京。

新中国成立后，萧乾任《人民中国》副主编、《译文》

和《文艺报》编委。1957年在"反右"斗争中被划为"右派"。"文革"期间又遭受迫害，曾一度自杀未遂。1979年名誉恢复后，当选为全国政协委员，频繁出席文学方面的会议及国际学会，并撰写了许多回忆录和散文。

1989年，萧乾被聘担任作家叶绍钧去世之后一直空位的中央文史馆馆长一职。80岁生日之际，又报道了他收到党和国家领导人的贺信，巴金和冰心也都收到过贺信。作为备受重视的知识分子，这些文坛元老获得了党和政府的关怀。今年5月在北京召开了"萧乾文学生涯六十周年纪念展"。

从上述经历来看，此书的魅力首先在于萧乾所经历的一切事实（此种场合的"魅力"一词对其家属所受的痛苦恐有失礼）。中国知识分子经受的苦难，对日本人来讲，多多少少有点难以想象。如同萧乾本人所说的那样，即"中国知识分子的一生皆可成为一本书"。唯独萧乾的生涯是独特的。

作者以他的北京下层贫民身世，经历了与其他作家所不同的体验。如他在少年时期干活的北新书局是出版过鲁迅《呐喊》、《彷徨》作品的有名的出版社。此书让我们感受到书局排版完全是靠家庭手工式的，气氛非常活跃。如描述一名小学徒骑着自行车将校对文章及稿费送到鲁迅和周作人手里，这段作为文学史和出版史的内情记录也是非常有趣的。在以幼年生活为题材的小说中，有很多极好的片段以少年的目光描述了北京老百姓的生活。如在"文革"后出版的散文集《北京城杂忆》（1985年）中好像听到老北京城里的叫卖声，与老舍作品一样是了解老北京最佳的手册之一。读者能从笔致轻松的书里感受到此种韵味。

然而最令人印象深刻的，则是他在反右斗争和"文革"中的体验。反右斗争和"文革"的体验，最近才以各种形式在日本广为知晓。但由被划为"右派"的本人来谈及自身的体会还为数不多。尤其是夫人、孩子、以及岳母等一家所受的遭遇，像此书中作了如此详细的记述还未见。

萧乾有过·七年的英国生活体验，这也成为他受到猛烈攻击的原因之一。也可以这么说，正因为这一点使他在回顾建国后的历史和体验时，拥有与其他人不同的深刻的一面。他在本书中未谈及，但在另一篇文章中写道：

> （三十年代中期，我像中国其他知识分子一样）曾以无限敬慕的心情向往过苏联社会主义天堂。当英美商人在其政府的默许之下往侵略我国的日本运送汽油和炮弹时，苏联飞行员在帮助我们抗战。那时，苏联在我心目中是正义和一切美好理想的化身。（《一个乐观主义者的独白》）

当他抵达欧洲之后，《德苏互不侵犯条约》(1939年8月)、德苏分割波兰（1939年8月）、第二次世界大战爆发（1939年9月）等一系列的历史事件对西欧思想文化界的震动是很大的。

> "许多曾经访问过苏联并参加过西班牙内战的左翼人士，也在报刊上大量写起反苏文章，其中描述得最多

最具体的，是三十年代中期的肃反扩大化。那时，天堂的形象在我心目中蒙上了一层阴影。"(《独白》)

对中国许多知识分子来讲，并不像西欧知识分子那样对斯大林的肃反运动有强烈反应。对他们来说，当前最大的危险、首当其冲的是帝国主义和日本军国主义。苏联革命后立即把沙俄从清政府手里抢夺过来的领土归还给了中国。正如萧乾所写的那样，抗战初期，尤其在武汉保卫战之际，苏联派出了E15、E16型战机，并派遣了名副其实的"正义之剑"的军事顾问团和义勇队。此时萧乾置身欧洲，他见到了困惑中的左翼，其意义确实不小。即萧乾的所见所闻，作为出身于中国一般平民，又无法挣脱开近代中国的悲惨，在这点上他与中国众多的知识分子有着共同的命运。在29岁至36岁之间人的思想为成熟时期，且在抗日战争之际——第二次大战特定的历史时期他置身欧洲，因此从某种意义上来说，他经历了中国其他知识分子所没有的经验，而与欧洲知识分子有了共同的体验及独特的精神方式。作者在书中并未着重宣扬，尽管如此也不难发现他的独特看法。这是以往我们日本在思索中国现代文学和思想之际，视野中常常缺失的。

话有点过硬了。或许与上述有所关联，则另作别谈。萧乾见闻广博，看问题灵活，且从全局出发，为人也温和。如下卷中写到战后德国，他在去慕尼黑的火车上遇到一位女裁缝，35岁上下，在占领地遇上一名轻率的美军将校就相信他的爱，即使说他有妻室她也不信，并以为对方回国之后，去他故乡或能走运结缘。她说"去慕尼黑找一个会相面的算命师"。书中以这个女人口述的方式写了两三页的短文，自然已有短篇小说的风趣。若夸作家手腕高明也不过如此，总觉得作者看人挺有味道，此女人愚不可及，且又可爱。

作者对他堂兄的美国妻子安娜十分敬爱，尽管他不信安娜所信奉的基督教教义，对此或有反感，但始终无改敬爱之情。[①] 此书对安娜只作了简要的记载，两年后所写的有关萧乾与基督教关系的《在十字架的阴影下》(《萧乾文学回忆录》，台北业强出版社1991年版) 一文中专设了一章。据此可知，安娜本人为传教士，与萧乾的四堂兄结缘成亲。萧乾在此文中谈到，美国人嫁给中国人，在20年代旅居中国的美国人眼里，那可是"大逆不道"！所有的教会都不为他们主办婚礼。不仅如此，听说美国领事馆也立即取消了安娜的国籍。对萧乾来说，她是位优秀的英语老师，除见面会话以外，他经常用英语写信让她修改。安娜在回信中总要提到主耶稣，劝告他洗礼。每当接到信时萧乾只是摇头。

拿国籍换到爱的安娜，其人生道路是奇酷的。她就像"旧式中国的媳妇一样"扶持老人，生了一男两女。建国后安娜的丈夫在南斯拉夫大使馆当秘书，当南斯拉夫成为共产主义世界"公敌"之后，他被押送到劳改农场，并在那里离开了人世。之后安娜独自维持一家生计。到70年代，安娜的胞弟费了不少周折，才使得她恢复了美国国籍，中美建

---

① 但萧乾认为宗教信仰给了安娜以毅力。安娜未能把萧乾劝入教，因而对他感到失望，却从来未有过怨言。——文洁若补注

1983 年 8 月萧乾赴美国加州大学圣迭戈分校讲学，
与四堂嫂安娜重逢（柳琴提供）

交之后接她回国。建国后，萧乾被禁止与安娜来往，一直未见过面。直到1979年去爱荷华参加国际会议时，事先得到组织上允许才去拜访了住在旧金山郊外的安娜。1983年重访美国时，是安娜带着孙女到圣地亚哥看望萧乾的。"拥抱之后，年过九旬的她侧着头，泪汪汪地望着我，颤音问道：'仍然不信教吗？'我抱得更紧些，却坚定地回答：'仍然不信'。"他那双"抱得更紧"的手臂，不仅是对安娜长年累月的艰辛生活的慰劳，也是对她相隔已久仍劝说他洗礼的精神致以敬意，是对她执着的人品的一种挚爱。

同样的例子，如他对在人生关键时刻常给予重大影响的女共产党员杨刚也是如此。另可举出其他许多例子，再说就多余了。

我在开头曾提到，萧乾至今在日本仍是不为人知晓的作家和记者。对其作品的研究与评论更不用说了，哪怕作品的翻译和介绍也都没有。仅有一篇翻译，那是关于土地改革的《土地回老家》（1950年），由宫崎世民翻译（鸠书房，1953年版）。正如译者后来所说的那样，此书专用于对外宣传，当时是作为了解中国土地改革最佳的材料才翻译出来的，对萧乾则毫无兴趣。虽有原作者寄给译者的信作为《代序》附在书里，译者在《后记》中也只是对土地改革作了些说明，而对作者萧乾未作任何说明。对萧乾本人与作品作了像样的介绍的是《早稻田文学》（1986年6月号特辑"萌动的中国文学"），里面收录了《皈依》《栗子》（1935年）的两篇翻译（文洁若、铃木贞美译）。此外还辑录了文洁若写的《关于萧乾》一文，此为最早的介绍。首次译介萧乾的作品，我对作品的挑选有些疑问。文洁若女士的文章，以夫人的身份对萧乾的经历作了简要的介绍。迄今由我写的《中国知识分子的选择——萧乾》《建国前夕文化界的一个断面〈中国知识分子的选择——萧乾〉补遗》两篇以外，未见有其他研究论文。我的两篇刊登在学会杂志上，而且是比较特殊的纪念论文集，一般读者不易读到。

作者以单行本的形式所写的回忆录，这是第一回。他关于自己的作品还有：《忧郁者的自白》（1936年）、《未带地图的旅人》（1979年）、《一本褪色的相册》（1979年）、《一个乐观主义者的独白》（1982年）、《改正之后》（1985年）、《搬家史》（1986年）、《"文革"杂忆》（1986年，1988年修改）。此外如关于巴金、斯诺、杨刚、格雷斯·博因顿等人的回忆，若将自己的过去也写进去的话，范围就更广了。此书是在这些回忆的基础上重新写成的。书名是从《萧乾散文特写选》中的代序《未带地图的旅人》所取的。关于个别人物的具体情况，每篇都有详细记述，为之整理成一本书多少有点可惜。尽管如此，此书作为记述中国现代知识分子的精神史不失为是一部最出色的自传。以此为契机，但愿有更多的机会让日本读者接触到作者优秀的散文小说等等。另外，作者夫人文洁若女士著有回忆录《萧乾与文洁若》（上下，台北天下文化出版1990年版）。作为此书补充，甚至写得更为深刻，也是非常有趣的。

我开始关注作者是最近的事，那是在1985年后半年或1986年之初。在这之前买了《萧乾选集》（全四卷，四川人民出版社，1983—1984年），只翻了翻，对中国知识分子独特的精神形成甚感兴趣，当知道他在"文革"中的体验之后我就精心细读了起来。于是 1986 年在东京大学研究生院的演习课上讲授萧乾，并与研究生一起阅读。当得知文洁若女士恰好获得国际基金赞助来东洋大学访问研究，在她回国之前有幸拜会了一面。

从那以后，我与萧乾夫妇开始书信来往，夫妇俩赠送了许多珍贵的资料和著作。1988 年秋季，我应北京大学之邀去了北京，在北大中文系严家炎教授陪同下拜访了萧乾夫妇。

1989 年 4 月 13 日，我收到萧乾夫妇寄来的这本书。拿起一读，觉得有必要翻译出来。于是向著者提出请求，获得了允许。又请江上幸子、平石淑子两位协助翻译，也得到欣然同意。不凑巧的是遇上政治风波，怎么也找不到愿意接受出版的地方。有关中国方面的书，除了中国形势之类的以外，连唐诗之类的古典读物都卖不出去。为此我感到愤慨，此时此刻才真正需要了解中国人的精神内面。正在这节骨眼上，得到了花传社老板平田胜的承诺。

此书前半部分和后半部分的翻译分别由平石淑子、江上幸子承担，丸山统筹全部译文。为易于阅读，分成上下两册。其结果，上下卷各由平石淑子、江上幸子翻译，整套书为三人合译。丸山负全部责任。为让日本读者有兴趣阅读，增加了小标题。在翻译过程中所提出的疑问点，萧乾夫妇都恳切地作了答复，对此深表感谢。此书也参照了英译本 *Traveller without a Map*（Century Hutchinson London 1990），尤其对确认欧洲的固有名词起了很大作用。若无此译本，恐怕还会拖延。

　　翻译比预期大大推迟，让萧乾文洁若夫妇久等了。他们原本指望日译本赶上 5 月召开的萧乾展。为此我们也请求花传社尽快出版，最终仍无法实现。主要责任还在译者一方，特此向著者致歉。诸如上述事由，谨向承诺此书出版的花传社深表感谢。

1992 年 9 月

（顾伟良译）

沉痛悼念丸山升先生^①

——中国人民的朋友，萧乾的知己

文洁若

　　2006 年 12 月 27 日下午，北京大学的严家炎教授打电话告诉我，日本的杰出学者丸山升先生已于 11 月 26 日溘然仙逝。我立即给丸山夫人松子写了一封吊唁信。考虑到岁末邮件多，是特地托一位近日赴东京的友人带到东京去发的，还附上 2005 年拍的一帧照片。

　　我们和丸山升、丸山松子伉俪的友谊延续了 20 年。实际上只见过三次面，其间鱼雁往还，有时打电话交谈。北京大学出版社出版的《文学史研究丛书》迄今共收了 22 部作品，其中有 3 种出自日本学者之手：《文学复古与文学革命》（木山英雄著）、《鲁迅、创造社与日本文学》（伊藤虎丸著）、《鲁迅·革命·历史——丸山升现代中国文学论集》（丸山升著）。这也说明了丸山升的业绩在我国学术界的地位。

　　说实在的，尽管多年来承蒙丸山升先生签赠了不少大作，如《一位中国特派员》、《至"文化大革命"的道路》等，然而读得不精细，难以对他的业绩作出适当的评价。好在中日两国的学者专家都会写文章纪念他的，用不着我来临

---

① 本篇相近内容曾以《萧乾与丸山升的君子之交》为题，发表于 2007 年 1
　月 24 日的《中华读书报》，本书不再收录。——编者注

时抱佛脚，班门弄斧。本文只写萧乾和丸山升之间的忘年交。旅英七载，萧乾与英国作家爱·摩·福斯特结下弥足珍贵的友谊。在改革开放之前的大环境下，这段跨国友谊以悲剧告终。福斯特长萧乾29岁。萧乾去世后，我把福斯特的《莫瑞斯》译出，分别在台北和北京出版了繁体字本和简体字本，以缅怀故人。

80年代初，我曾陪萧乾去拜访过宫崎世民。1953年，他把萧乾的《土地回老家》译成日文，并将萧乾写给他的一封信作为代序刊在卷首。这次，他是托友协的人员联系萧乾的。这位老人对改革开放后的中国完全不理解，坐在北京饭店的一间宽敞明亮的房间里，不断地抱怨中国的变化。我捉摸得出这位前日本友协理事长的心态。他欣赏的是喊着口号上街闹革命的中国人，对粉碎"四人帮"之前的风风雨雨给知识分子带来的灾难，浑然不觉。我不愿意触怒他，只在告辞时淡淡地说了句："如果您身临其境，就不会这么想了。"

若干年后，偶然得悉宫崎世民先生已去世。手头仅存的《土地回老家》日译本（鸽书房版）早已捐给上海鲁迅纪念馆了，我连他是哪一年出生的，都不记得了。我很感谢老人家把它译成日文。这样，日本读者在1953年就知道了中国有个萧乾，不必等1986年我和铃木贞美合译的《皈依》和《栗子》在《早稻田文学》六月号上刊出。我还译了《北京城杂忆》（见《文学论藻》第61号，《东洋大学文学部纪要》第40集，国文学篇），也于1986年问世。

然而真正介绍萧乾，有待丸山升先生。他毕生的翻译工作有五种，都是合译：《郭沫若自传》（1967—1973）、溥仪《我的前半生》(1965)、《鲁迅全集》(1984—1986)、萧乾《未带地图的旅人》(1992—1993)、乐黛云《To the Storm》(1995)。他还译了《雨夕》，收在《中国现代文学珠玉选·小说2》(二玄社2000年版)。他在序中写道："编此书的目的是给大学里开的中国现代文学课程提供讲义、讲解的教材或参考资料。"

丸山升教授带头介绍萧乾，也有助于日本学者对我国其他作家的研究。1992年11月，《未带地图的旅人》的三位日译者联名送给萧乾和我一本《鲁迅和同时代人》(汲古书院1992年版)，其中有江上幸子写的《20世纪初期的中国人诞生的痛苦——1930年代的杨刚的梦和苦恼》。在第二段中，她说："自从在发生反右派斗争那一年去世，杨刚这个名字已被忘却很久，我们这些人大多是靠萧乾1978年以来发表的一系列文章初次知道她的。"

萧乾最后一次住院期间，在病房里接受日本的老舍研究家杉野元子的采访。事后她寄来了一篇《老舍与萧乾》，译成中文约2万字。在该文的末段她写道："萧乾写了不少回忆录，老舍没怎么谈自己就去世了，所以本稿借着参考萧乾的回忆录来探索老舍的内心世界……"

下面谈谈萧乾和我与丸山升、丸山松子伉俪结识的经过。

东瀛的初夏是怡人的。窗外明丽的蔚蓝色天空上，一团团雪白絮云缓缓流动。那么悠然自在。我的心几乎随着它们飞回北京。1986年6月，为期一年的研究工作即将结束了，我翻开笔记本，打电话向日本朋友们一一告别。御茶水女子大学的佐藤保教授对我说："啊，真巧。东京大学的丸山升教授刚好在这里。他曾问起过你。我们以为你已经回国了呢。"

我结识佐藤保教授纯属偶然。1985 年 6 月下旬，刚到东京后不久，我在东洋大学教授今富正巳的办公室遇见了新加坡大学的杨松年博士。这两位教授都参加了 1983 年 1 月 13 日到 19 日在新加坡举行的第一届"国际华文文艺营"，我也陪萧乾前往，交了不少新朋友，他们二位就是其中的佼佼者，受益匪浅。杨松年提起要去看望御茶水女子大学的佐藤保，我毛遂自荐，给他当向导。我所崇拜的日本女作家宫本百合子（1899—1951）毕业于御茶水高等女子学校，这就使我对以"御茶水"冠名的学校有了好感。御茶水是东京都千代田区神田骏河台至文京区汤岛这一地区的通称，因江户时代（1600—1867）曾用此处的断崖涌出的水为德川将军烹茶而得名。

其实，御茶水女子大学早已迁到文京区大冢。百合子念过书的那座女子高中就不得而知了。我总觉得宫本百合子的境遇有点像我国的杨刚（1905—1957）。她们均出身富贵之家，为共产主义事业奋斗终生，52 岁时，英年早逝。

在佐藤保教授那间敞亮的办公室的书架上，我意外地发现了萧乾所著《梦之谷》、《散文特写选》、《一本褪色的相册》等。可惜因为忙，并且知道对方也忙，就不曾打扰。

丸山升教授从佐藤保教授手里接过话筒，约好 14 日下午他到文京区东洋大学来看我。这位温文尔雅的教授准时来到了浴满阳光的教职员会客室。我们坐在皮沙发上，边啜着值班的日本小姐端来的海带茶（据说颇有益于健康），边谈话。

我久仰这位日本卓越的汉学家的大名，但过去只晓得他是研究鲁迅的，没想到随着我国的改革开放，他也开始注意到萧乾的作品，并向研究生讲授像萧乾这样的知识分子在新中国成立后所走的道路。他掌握的资料相当全，并问我为什么选择萧乾的《皈依》和《栗子》(他已读过前几天才出版的《早稻田大学》第6期，我和铃木贞美合译的两篇译文都是刊载在那上面的)。他说他本人最喜欢的是《雨夕》。我回答说，论艺术性，其实我更喜欢的是《蚕》和《俘虏》。萧乾曾告诉我，他偏爱《雨夕》，而《皈依》是埃德加·斯诺指定让萧乾收入《活的中国》这个集子里的。1944年秋，当萧乾在硝烟弥漫的巴黎最后一次与斯诺会晤之际，斯诺说，《皈依》极受美国读者重视，因为它写到了东西方文化上的冲突。那时，萧乾正跟着美军第七军准备进军莱茵河，斯诺是获准采访东线（苏联和东欧）的六名美国记者之一。从谈话中，萧乾深深感到斯诺身在欧洲，心还牵挂着中国。新中国成立后，斯诺于1960年、1964年至1965年、1970年三次访华。1973年萧乾从"五七干校"请假回京看病。由于我在7月间正式调回人民文学出版社，他就留在北京翻译《战争风云》了。他每周都骑自行车到文津街北京图书馆去。当时，梅兰芳的长公子梅绍武在该馆的"国际交换组"工作，欣然借给他一批批新书。读了1962年出版的《大河彼岸》一书，萧乾得悉斯诺重访我国时，曾打听过萧乾的近况。老舍告诉他，萧乾"正在一家国营农场里快活地劳动着"。斯诺于 1972 年 2 月 15 日去世,七年后的 1979 年 2 月,萧乾拿到了一纸平反书。我之所以从萧乾的二十几个短篇中选出《皈依》,是为了缅怀他与斯诺的这段亦师亦友的情谊。

《栗子》则是萧乾于 1933 年秋在燕大讲师夏斧心的宿舍里结识巴金后所写的。巴金批评萧乾,应由自我的小天地里闯出,写大时代题材,这是萧乾的一种有意识的努力的成果。他本人认为,就文字及结构而言,它不如《篱下》和《矮檐》。《栗子》写于 1935 年除夕,作者在文末注明:为纪念一二九抗日先驱而作。

1986 年 6 月 16 日,我登上日航班机回到祖国。

1988 年 10 月,丸山教授应邀到北京大学讲学,28 日,偕夫人光临舍下。《中国现代文学史》主编、北京大学中文系主任严家炎教授和《人民日报》记者、传记作家李辉也在座。丸山教授对我们说,"文革"初期,日本的一些中国问题专家,由于不明真相,对那场骇人听闻的灾祸还支持过。他却逆着潮流发表了几篇文章,对浩劫给中国传统文化造成的破坏表示了忧虑。一些日本人出于对中国革命的盲目支持,反而对他进行围攻。那时他身体很坏,但他对夫人坦言:"不看到中国重见光明的一天,死不瞑目。"

丸山教授把他所写的小册子《从萧乾看中国知识分子的选择》送给我们,那原是发表在日本最有权威的《日本中国学会报》(第 40 集,1988 年)上的。我征得他的同意,译成中文,用"李黎"这一笔名,附在《萧乾评传》(王嘉良、周健男著,国际文化出版公司 1989 年版)一书之后。

《萧乾评传》出版后，我们托来访的铃木小姐给他带去一本。他在 1990 年 10 月 19 日致萧乾的信中写道："就原作者而言，对译文是满意的。迄今已有几篇我的文章被译出来，我对译文总是不满意。说不定也怪我的日语太曲折。稍微复杂的表达，有时竟误译得与原意完全颠倒了。这是继去年刊载在《文学评论》第二期上的孙歌女士的译文之后，第二篇我读了得以感受到是出自本人手笔的中译文。"

既然承蒙丸山升教授夸奖，我就不便声明"李黎"是自己的笔名了。好在他生前拿到了《鲁迅·革命·历史》一书，收进集子里时，译文署名改为文洁若。孙歌译的《由〈答徐懋庸并关于抗日统一战线问题〉引发的思考》也被收进去了。

萧乾去世后，丸山升先生给我写过几封信，1999 年 2 月 18 日写的日文信，有这样的一段："……'文革'后，我几乎是偶然接触到萧乾先生的作品的。以此为契机，略微有系统地拜读了先生的文章。我衷心认为，对我的人生而言，此乃一大幸事。因而不仅得以对中国现代文学，而且对中国本身也拓宽并加深了理解。从这个意义上来说，我把先生看做包括日本人在内的几位'恩师'之一。我由衷地想再次对先生的'学恩'表示感谢。……"

在 1999 年 4 月 5 日用流利的中文写给我的信中，丸山先生表示："……萧乾先生的逝世，不仅是中国文学的很大的损失，在世界文学和世界知识界来说也是太深刻的打击。而且，冰心、钱钟书两位先生的去世，又增加了我们的悲哀和寂寥。……"

1949 年 3 月，英国作家福斯特曾拜托何伦教授（入了英籍的捷克汉学家，萧乾旅英期间的好友），趁着赴香港为剑桥大学王家学院采购书籍之便，三次登门力促萧乾前往英国当剑桥大学的终身教授。条件十分优厚，许诺以全家三口人的旅费。萧乾坚决谢绝了。进入新时期，1986 年我陪他第二次赴英（第一次是 1984 年），看到当时的档案中有"萧乾处在危险中"字样。福斯特把友谊看得高于一切。他对萧乾说过："倘若在友谊和祖国之间做抉择，我会选友谊。"他不可能理解萧乾这种类型的知识分子。

丸山升是从研究鲁迅起家的。这本洋洋 38 万字的《鲁迅·革命·历史——丸山升现代中国文学论集》涉及的范围很广。他把萧乾放在错综复杂的大环境下来研究，所以写出了《从萧乾看中国知识分子的选择》和《建国前夕文化界的一个断面——〈从萧乾看中国知识分子的选择〉补遗》二文。他不只一次地告诉我，他对这两篇文章感到满意。我呢，荣幸地担任了笔译，十分高兴。

2005 年 11 月 24 日下午，我在表外甥黄友文陪同下，到丸山升、丸山松子伉俪下榻的邮电医院招待所去拜访他们。这是阔别十七载后的重逢。萧乾逝世后，他不只一次地到北大来讲学，每次都打电话问候我。这一次，我想送给夫人一只花瓶（曾托人带过一只，不小心压碎了），所以我决定当面交给她。丸山先生精神蛮好，兴致也高。这是三次晤面中谈得最久的一次，没想到竟成了永诀。

丸山先生回顾道，他最早购买的是《萧乾选集》全四卷（四川人民出版社，1983—1984 年版）和《现代中国作家选集·萧乾》。不出二十年，丸山教授已成了境外研究、介绍萧乾的首屈一指的学者。而且，对萧乾的研究仅仅是他在繁忙的教学工作之余从事中国现代文学研究，所取得的成果的一部分，令人叹为观止。考虑到他的健康状态（1980年患肾疾，从而不得不接受人工透析），就简直是一般人难以企及的了。这一方面说明日本医学发达，夫人丸山松子的献身精神也应大书一笔。她精通英文，大学时代参加学生运动，相当活跃。婚后相夫教子。丸山教授在学术上硕果累累，有夫人的一半功劳。

当时，我品着丸山夫人所沏的清香龙井茶，不知不觉聊了将近两个钟头。考虑到丸山教授上午刚做了人工透析，我们再三请他和夫人留步，然而两位坚持乘电梯下楼，伫立在门厅外，目送我们良久。我们一次次地回头遥望，挥手告别，直到拐了个弯，一座小树林子遮挡住了视线。

中日两国人民之间的友好往来滚滚向前，势不可挡。

2007 年 1 月 8 日

悼念丸山升先生夫人——丸山松子女士

顾伟良

2009年12月22日中午，突然接到从东京寄来的一张明信片，上面写道："我母亲于11月28日不幸去世。"一看是丸山升先生女儿发出的。我顿时潸然泪下，当即拿起电话给丸山先生家发了一份唁电。

2009年3月24日（星期二，晴）下午，我和内子拜访了丸山先生的夫人。丸山先生家住在东京都大田区，靠近闻名的品川车站一带。我们从大森站下车后乘坐公共汽车，在一所公园旁下了车，徒步走向先生家。他家背后有个小山坡，院子里栽着几棵樱花树。正值樱花盛开，白里透红的樱花显得分外可爱。

我按了门铃，从里屋走出一位温文尔雅的妇女。我问道："是丸山先生家吧？"她脸上微微露出笑容说道："顾先生吧，请进。"松子夫人近八十高龄，戴着一副眼镜，两眼炯炯有神。我事先已把文洁若老师的《沉痛追悼丸山升先生》一篇译文寄给松子夫人。她拿出译文一边跟我交谈，一边商讨译文。我们在客厅里交谈了将近三个小时，她从大学生时代谈到"文革"，并谈起丸山先生对"文革"的看法。丸山先生从理论角度出发，发现"文革"方向不对头，觉得"文革"时提出的一些口号根本不符合逻辑性。但当时他是孤立的，一些从中国来的客人也不理睬他，日本的一些"文

142

革"礼赞派甚至围攻他。丸山先生在东京大学读书时就喜欢辩论，他总是从理论角度来谈论观点。可见丸山先生治学非常严谨。松子夫人还说，50年代的中国曾是他们的希望。她的专业是法国文学，与丸山先生是同一届学生。她说丸山先生平时零花钱也不多，可他总是喜欢拿出一点小钱来捐给一些慈善团体。他去世后，许多慈善团体都献了花圈。不难看出丸山先生夫妇在思想和生活上坚守自己的信念。

我们从客厅移到丸山先生的小书斋里又交谈了一会。从书斋窗外望去，外边一棵樱花树的垂枝倒挂在窗台前，别有风味。想当年丸山先生伏案执笔时，也许经常仰起头来探望窗外，可消除一下疲倦。我眺望了一下书斋，书架上摆着醒目的赫尔岑的《往事与随想》(三卷)跳入了我的眼帘。松子夫人随即把萧乾写给丸山先生的书信（原件）全部交给了我。她还说了一句："这下我可放心了。"我对她说，今年8月正好要去北京，一定把这些信件交给文洁若老师。松子夫人又说道："这次我在整理信件时，仔细阅览了信件，才发觉文洁若先生也是一位辛勤的作家。"

丸山先生的书桌仍旧保持原样。书桌墙上挂着唐弢的工笔字画，书房一侧的墙上挂着娟秀的王瑶字画。松子夫人又带我们上二楼看了她的卧室。卧室正面墙上挂着一幅刚劲有力的萧军手迹。这些出自于名家之手的字画各具风格，可见中国作家和学者都十分尊敬丸山先生。松子夫人还说道："'文革'结束后，凡到我家来做客的中国学者，都羡慕这间小书房。他们都说不知何年何月自己也能有这样一间书房该多好啊！"可知当时中日两国知识分子的待遇相差之大。

丸山松子女士（顾伟良提供）

丸山先生的家中布置得并非富丽堂皇，宽敞的客厅光线明亮，两张从丸山先生爷爷时代传下的木椅添了几分素色。客厅两侧墙上挂着几幅色彩鲜艳的油画，显得尤为高雅。丸山先生的遗影安放在低矮的窗台上，让人进屋一眼就能望到，他仍是一家主人。

松子夫人正在整理丸山先生遗作，第一卷（共三卷）将于 2009 年夏天出版。夫人精通法语和英语，并通晓希伯来语，听她说正在翻译希伯来语《圣经》。从谈话中得知大江健三郎是她后辈。

2008 年夏天，我因周作人研究项目，由北京鲁迅博物馆陈漱渝先生介绍采访了文洁若老师，之后我与萧乾文学结下不解之缘。我与文老师的交流是从阅读《未带地图的旅人》开始的。那是在 2008 年 10 月末，我写了一份读书感想寄给了她，谈读《未带地图的旅人》的感受。文老师在给我的回信中写道："您对萧乾的理解，使我很感动。"12 月中旬，文老师在一次电话中谈到整理萧乾书信的计划，并提出要我帮助整理，我欣然答应了。2009 年 1 月中旬，我给松子夫人写了一封信，谈了文洁若老师的书信整理计划。过了两个星期，一包厚厚的复印信件寄到了我手里。

这些信件是丸山先生在翻译《未带地图的旅人》之际与萧乾、文洁若来往的书简，非常珍贵。当时萧乾夫妇正在联袂翻译《尤利西斯》。丸山先生在日译本《未带地图的旅人》的解说中写道：

　　此书的魅力首先在于萧乾所经历的一切事实（此种

场合的"魅力"一词对其家属所受的痛苦恐有失礼）。中国知识分子所经受的苦难，对日本人来讲，多多少少有点难以想象。如同萧乾本人所说的那样，即"中国知识分子的一生皆可成为一本书"。唯独萧乾的生涯是独特的。

寥寥数语，点出了《未带地图的旅人》的意义所在。中国作家以真实的人生投入文学中去，他们谱写了一部部震撼人心的作品，为后代留下了珍贵的真实记录。此为中国现代文学的一大特点。

2009年1月至3月，我和妻子共同整理丸山升、萧乾、文洁若的往来书简，将之输入电脑。随后，文老师特意为我安排了三场演讲，演讲题目为：《大江健三郎与日本战后文学》(中国现代文学馆，2009年8月30日)、《核时代的文学——巴金·大江健三郎》(北京朝阳区图书馆，2009年9月13日)、《生命与创作——巴金·萧乾·大江健三郎》(中国人民大学新闻学院，2009年9月16日)。为作准备足足花了四个多月。8月底，我和妻子踏上了北京演讲行程。抵达北京之后即把松子夫人托带的萧乾书简交给了文老师。

在中国现代文学馆演讲的那天，文老师穿了一身紫黄旗袍，显得十分高雅。演讲比较满意，她脸上露出了笑容。在北京的三次演讲，已逾八旬的文老师拄着拐杖每次都来捧场，为之感动。由于我水土不服，口内溃疡频发，加上北京空气不好，痛苦不堪。离开北京前一天中午，我们与文老师在北京饭店共进了午餐。

2009 年春季，文洁若老师住院治疗膝盖，期间还与我联系。我将《沉痛追悼丸山升先生——中国人民的朋友，萧乾的知己》的译文改稿寄给文老师，并转告松子夫人的意见。文老师出院之后，写作繁忙，译文暂时被搁了下来。九月中旬，我回到学校一个月之后身体才恢复。十月上旬我与松子夫人通了电话，转达了托带的信件及北京演讲之行。她非常高兴，并鼓励我最好把关于大江健三郎的演讲稿译成日文，我不好意思地答应了下来。松子夫人对中国也很关心，电话中还提到中国的环境污染、社会状况等问题，表示深感忧虑。11 月间，我一直忙于周作人研究报告。12 月初，我给松子夫人寄了一箱青森苹果，谁知得到的却是她女儿发来的噩耗。

2009 年 12 月 26 日，文洁若老师给我转发了她写的一篇短文：

12 月 22 日傍晚，顾伟良先生从日本青森县弘前市打电话来说，丸山松子女士已于 11 月 28 日去世。三年前丸山升先生撒手人寰，我也是一个月后才获悉。足以告慰的是，丸山夫人早就把萧乾写给丸山先生的全部信函整理好，交给了顾教授。今年 8 月他来北京讲学之际，已交到我手里。2015 年出《萧乾全集》时，准备收进去。我用日文给丸山松子女士的独女写了一封吊文。

《沉痛悼念丸山升先生》初稿发表在《鲁迅研究月刊》(2007 年 2 月号) 上。顾教授将此文译成日文，准备发表。丸山夫人看罢，对其中"老舍告诉他，萧乾正在一家国营农场里快活地劳动着"一语表示不解。我听说此事后,意识到:不理解萧乾怎么可能"快乐地劳动着"的,何止丸山松子女士一个人。其实,紧接着,老舍还说了句"他对写作已经毫无兴趣"。斯诺在《大河彼岸》1962年版中披露了此事,并写道"我不相信人的性格能有这样的变化。"1970年8月14日至转年2月6日,斯诺最后一次访华。他在1970年《大河彼岸》重版时,加了个注:"就是这位老舍,1966年受到红卫兵的攻击,自杀了。"斯诺肯定对老舍的回答不以为然。时任中国作家协会副主席的老舍,也只能这么回答,否则后患无穷。

2009年12月25日

文洁若

2010年3月,日本《中国文艺研究会会报》第341号刊登了《沉痛悼念中国人民的朋友、萧乾的知己——丸山升先生》(文洁若著,顾伟良译)一文。丸山升先生为日本著名的鲁迅研究家,于2006年11月26日患病去世。鲁迅博物馆陈漱渝先生曾在《人物》杂志上发表过一篇《追忆丸山升教授》(2008年2月18日)。他在此文的末尾写道:

现在习惯于将从事学术研究的人称之为"学人"。我以为,一个真正的"学人"总应该是学问与人品的有机复合体。但就学术界的现状而论,被称为"学人"者似乎有三类:一类是才德兼备,一类是才德偏离;当然还有个别人才德俱缺，徒有虚名。丸山升教授无疑属于既有渊博学识又有人格魅力之列。这类学人在学术史上属于凤毛麟角。因此，产生这种学人的学界是有幸的，产生这种学人的国度也是有幸的。我在学术生涯中能结识丸山升这样的大师，更是三生有幸！

在我留日期间有幸见到一次丸山升先生。记得那是在1986年的春天，丸山先生应邀于日本大学文理学部中国语言文学科作演讲，演讲内容主要谈"文革"。他脸容消瘦，我记得先生的声音比较深沉，不太洪亮。那次演讲给我留下了难忘的印象。

2010年1月6日，我收到了东京汲古书院寄来的两本《丸山升遗文集·第二卷》。为悼念松子夫人，第二卷于12月28日发行。第一卷于2009年7月发行。2010年盛夏我去北京时把第二卷带给了文洁若老师。得知松子夫人是在校对《丸山升遗文集·第二卷》完毕之后，并在整理《丸山升遗文集·第三卷》稿件之际，驾鹤西去。

2010年2月初稿

2014年4月修改

（原载《人物》2010年第4期）

编辑后记

20世纪80年代中后期，著名作家萧乾、文洁若夫妇与日本的中国文学研究者丸山升教授相识、通信，开启了二十余年的跨国友谊。2006年，丸山升先生逝世，夫人丸山松子女士编辑遗著时，整理出了萧乾夫妇与丸山升的往来书信数十余封，并于2009年交给日本弘前学院大学顾伟良教授，委托其转呈文洁若先生。现由文先生亲自翻译了其中的日文信件，修订部分文字，增添若干注释，编订成《君子之交：萧乾、文洁若与丸山升往来书简》交上海人民出版社出版。为更加全面深入地呈现三位先生的君子之交，另附录五篇相关文章，以飨读者。

本书的出版得到了文洁若先生和丸山升先生爱女的大力支持，在此深表谢意。同时，对慨允惠赐序言的北京大学孙玉石先生、华东师范大学陈子善先生，对编辑过程中给予无私帮助的顾伟良、佐治俊彦、尾崎文昭、长堀祐造诸位先生，谨此一并致谢。

今年，推出这样一册中日文化老人的往来书简，或许更显其重要意义。而整个编辑过程所凝聚的真情与善意，尤其值得我们纪念和珍惜。

脉望

2015年3月

图书在版编目(CIP)数据

君子之交:萧乾、文洁若与丸山升往来书简/文洁
若编译.—上海:上海人民出版社,2014
(脉望丛书)
ISBN 978 - 7 - 208 - 12321 - 2

Ⅰ.①君…　Ⅱ.①文…　Ⅲ.①书信集-中国-当代
Ⅳ.①I267.5

中国版本图书馆 CIP 数据核字(2014)第 108791 号

责任编辑　　薛　羽
封面装帧　　陈　酌

· 脉望丛书 ·

君子之交:萧乾、文洁若与丸山升往来书简
文洁若 编译

世 纪 出 版 集 团
上海人民出版社出版
(200001　上海福建中路 193 号　www.ewen.co)

世纪出版集团发行中心发行　　常熟市新骅印刷有限公司印刷
开本 890×1240　1/32　印张 5.5　插页 2　字数 108,000
2015 年 6 月第 1 版　2015 年 6 月第 1 次印刷
ISBN 978 - 7 - 208 - 12321 - 2/I · 1259

定价 28.00 元